池澤夏樹

池澤夏樹

増補新版

ギリシャの誘惑

ギリシャの誘惑 増補新版／池澤夏樹

書肆山田

目次——ギリシャの誘惑

ギリシャの誘惑

アテネ物語

仮面の裏の素顔

アテネは、古典劇の役者のように、仮面をかぶっていてなかなか素顔を見せない。しかし、その仮面というのは外からこの町を訪れる者の勝手な誤解であって、アテネ人に言わせれば、あらぬかたに目をやっていて素顔を見ない方が悪いということになる。

第一の仮面は、ここがきわめて古い町だという勘違い。古代ギリシャで最も有力だった都市国家アテネのことを書かない教科書はない。そこで人は、古代へ旅行するようなつもりでこの町へ来て、石の遺跡だけを見、早々と帰ってゆく。あるいはここが二千数百年のあいだ連綿と続いた町であるように思い、古代ギリシャの雰囲気が町全体にみなぎっているかと期待する。

だが、アテネの町全体が古典ギリシャ文化の博物館なのではない。それは不健全というものだ。ここは現代の町で、いろいろ問題はあるにしても現代風に繁栄していることをまず認めなくてはならない。

十九世紀のはじめにギリシャが近代国家として独立した時、アテネはアクロポリスの丘の北側に数百の人家が点在する田舎町に過ぎなかった。そこを、古代をかつぐ人々が首都にしたてあげたのだ。一九二〇年になっても人口はまだ三十万人だった。いま、遺跡だけでなく少しは町そのものにも目を向けんとする観光客がバスやタクシーの窓から見る家並は、ほかのヨーロッパの町と較べれば、ずっと新しいのだ。つまり、非常に古い部分と大層新しい部分が共存していて、それをつなぐものがないという、奇妙な町。

第二の仮面は、ここがヨーロッパだという考え。欧州の一部には違いない。東ヨーロッパの最南端である。だが、ここまで来るとフランスやドイツやスイスとはまったく違ったものが空気に混じる。東欧と南欧にはどこか準ヨーロッパの印象がある。なにかが欠けているだけではなく、大変に強い、粗い、暖い、人に地面にすわることをうながすような、匂いが加わる。そしてギリシャは東欧であってしかも南欧なのだ。

アテネの人々は今はみな西の方をむいており、無理をしてＥＣに入ったりする。だから町並や服装といった生活の表面だけを見ていてもわからないのだが、もっとごまかしようのないもの、食物や踊りや迷信や結婚や宗教に注目すると、ここが意外に東寄りの性格をもっていることがわかる。四百年間のトルコによる支配だけが理由ではない。小アジアはすぐ隣だし、キプロスやエジプトは海路で結ばれた身近な地名なのだ。

聖俗二つの軸

この町の概念的な地理はすぐにも頭に入る。まず、三方が山で、南西の方角だけはピレウスの港をへて海に面している。このせまい平野の中に丘が二つそそり立っている。一方はさほど高くなくて上もたいらだが、もう一方は高くとがっている。たいらなのがアクロポリス、とがった方がリカヴィトス。町中どこからでもこの二つの丘は見える。この二つを結ぶ線が町の第一の軸になる。

アクロポリスの上には、パルテノン神殿をはじめとするいくつもの遺跡がある。リカヴィトスの頂上には聖ゲオルギオスの小さな教会がある。今はケーブル・カーで登れるが、かつては人は息を切らして細い道を登らなくてはならなかった。この丘の上がアテネ中で最も神に近い。

二つの丘のちょうど真ん中に広場がある。シンタグマ、つまり憲法広場と呼ばれ、これを旧王宮であるところの現国会議事堂、いくつもの銀行、航空会社のオフィス、由緒あるホテルなどがとりまいている。この広場がアテネの一番よそいきの顔、ヨーロッパ風で、観光むけの顔である。外国の雑誌や新聞を買うにはここのキオスクに行かなくてはならない。外国人はみなこの広場から用心ぶかく街路を歩きはじめる。この広場の鳩はあまやかされていて、かわいげがない。

さて、重要な広場はもう一つある。オモニア広場。こちらは本当のギリシャの顔だ。田舎や島から首都へ出てきたギリシャ人は、まずこの広場に来て、それから各自の縁者の家へむかう。なにせ急速に人口が増えた町だから、だれもが田舎に親類をもっている。この広場にはこの町にただ一本の地下鉄の駅があり、全体に雑然として、活気と匂いが充満する。アパートの部屋の塗りかえをするペンキ屋たちが、長い柄のついたブラシを持って、注文主が来るのを待っている。大道商人が店をひろげて大声で客を呼ぶ。中央市場もすぐそばだし、百貨店も近い。

これら二つの広場を結ぶ線がアテネの第二の軸になる。この軸に沿った二本の広い道にならぶ建物は、それぞれへの距離に応じて性格を決める。シンタグマに近い店は高級で、西欧的で、気取っているが、オモニアの方へ歩くにつれて日常的で、田舎っぽく、ギリシャらしくなる。

かくて、聖の面では古典期とキリスト教が第一の軸に沿って展開され、俗の面では西欧指向と田舎への回帰が第二の軸の両端に象徴される。アテネの精神生活は地理によって完全に表現されている。

タヴェルナの一夜

人を知るには、働いているところより、遊ぶところを見たほうがいい。夏の一夜、アテネの友人たちと遊ぶとしよう。どこかのカフェニオンで七時という約束になっているとすれば、最初の一人が来るのが七時十五分、全員の顔がそろうのはたぶん八時。細かいことに無頓着なせいもあるが、一つには最初の一人になってほかのだれかが来るのを待つ、その淋しさがいやなのだ。

しばらくは喋る。実によく喋る。声も大きく、身ぶりも大きい。ひとしきり喋ったあとで、それから何をするか案が出はじめる。芝居に行くことが決まったとしよう。開幕が九時か九時半。映画館はだいたい夏は閉めてしまい、そのかわりにアパートの空地などにスクリーンをしつらえ、椅子を並べて、星空映画館が開かれる。当然暗くなってからでなくては始められないので、第一回は八時。客が入るのは十時ごろからの二回目の方だ。

映画にせよ芝居にせよ、終れば十二時。そこでそろそろ何か食べに行こうかということになる。だれかが最近おいしいタヴェルナをみつけたというので、みんなでそこへくりこむ。

さて、このタヴェルナというのがなかなか他の国にはない仕掛けで、食べ、飲み、かつ喋るという三つの目的を同等に満たすべくつくられている。軽くて変化に富んだ食物がいろいろ用意してあって、星空の下でそれに手をのばしながらワインを飲む。また喋る。時に興に乗れば踊る。ワインは重要だが、決してワインだけが目的ではない。そして、このような賢い飲みかたをしているかぎり、人は絶対に泥酔しない。アテネで酔っぱらいを見ることはないし、アルコール中毒もない。酩酊はすべて言葉となって空に発散してしまう。いいかげん食べて飲んだところで、小さなステーキなどをもらって夕食をしめくくる。これで早くて午前二時だ。

そろそろ帰ろうかとおたがいの顔を見るのだが、まだどうにもなごりおしい。別れてしまったあとの淋しさを考える。ちょっとアイスクリームを食べようということになる。店の方はいつでも開いている。カフェニオンの中には毎日掛け値なしに二十四時間営業をしている店も少くない。

四時近くなってやっと意を決してそれぞれの家に帰る。こういう連中が八時にオフィスの机の前にすわっていられる理由は二つある。第一は地中海諸国に共通のシエスタ(昼寝)の習慣、もうひとつは、八時にオフィスにすわっているのはぬけがらにすぎないという事実。

バスの専制君主

町というのは多かれ少かれ人工のものだから、どこか道具や機械に似た面がある。つまり、使いこなすためには少々の知識と訓練を要する。バスの乗りかたなどもそのひとつだ。

黄色いトロリーバスはちょっと複雑なネットワークを走るが、青と白に塗ったふつうのバスは、みな町の中心にある起点から外にむかう。バスには、今はみなワンマンになってしまったが、少し前まではちゃんと車掌がいた。バスの専制君主、立派な男の職業で、みな自信に満ちた、しっかりした顔をしていた。入り口の脇の特別席にすわった彼等の前には、小銭を入れる引き出しのついた小卓があり、その上に回転式の小さな切符印刷機が据えつけてある。ハンドルを一回まわすと通し番号のついた細長い切符が一枚出てくる。時々、何番の切符を売ったのが何時何分かを、表に記入してゆく。

たいていの場合は自己を主張するに忙しいアテネ人が、少くともバスの中では模範的な乗客になる。年寄り、おなかの大きい女性、赤ん坊を抱いた人には、間髪をいれず席がゆずられる。例外はない。車掌としてはおのが権威を立証すべく、だれか席をゆずるようにと声をかけたいのだが、乗客の方もさるもの、そんな隙はまず見せない。

あなたが数ドラクマの料金を払うのに百ドラクマ札を出したとする。あいにく走り出したばかりで車掌の手元にはお釣りがない。車掌は、どこまで行くのかを確かめた上で、ともかく乗っていろと言って、そのお札をあずかる。しばらくして車内が混んでくると、あなたは車掌からはるか離れたところへ押し流されてゆく。そのころになって釣り銭の用意ができる。車掌は、前の方にいるだれかのだと言ってその釣り銭を手近な乗客に渡す。何枚かの硬貨は乗客たちの手から手へと受け渡され、最後には確実にあなたの手に至る。

少しずつ新しい車輛が入ってはいるが、ずいぶん古い車がまだまだ走っている。ある初夏の日、乗客の一人が窓をあけようとした。すると、窓そのものが枠からはずれて、彼の手の中に落ちてきた。途方に暮れた乗客はそれを車掌のところへ持っていった。そして車掌は、実に不機嫌な顔でなにやらぶつぶつ言いながら、その窓を自分の足もとにしまったものだ。

さて、いかなる場合にも動じない、あの愛すべくまた尊敬すべき車掌たちは今はいったい何をしているのだろうか。彼等のいないアテネは魅力が半減する。アテネこそ世界最高の車掌を擁する町だっただけに、ワンマン化は本当に残念なことだ。

名誉心と虚栄と

アテネ人とつきあうには、どうしても彼等の名誉心のことを知っておかなくてはならない。ギリシャ語でフィロティモと呼ばれるこの心理が、おのれを律し、どんな場合にも醜態を避け、恥を知り、毅然と顔をあげて相手を見る立派な人間を作る。だから彼らは泥酔しないし、商売でもケチなごまかしはせず、犯罪も少い。アテネは世界で一番安全な町の一つだ。

けれどもこの名誉心はしばしば虚栄にも転ずる。どんなことについても、彼等を論破するのはまず不可能なことだ。一対一ならともかく、何人かで食事をしているような場合だと、相手はなにがなんでも譲らない。そして、とんでもない理屈をいくらでも並べたてる。議論は白熱し、論旨はおよそ見当ちがいな方へ流れてゆく。それでいいのだ。どんな結論が出ようとも、大事なのは論争そのものの方で、みんながわあわあ大声を出して楽しめば、それで議論は成功なのだから。

アテネ人は徹底して個人であって、名誉心も個人のものだ。集団で動くのはとても下手で、おそらく兵士になっても正規戦では決して強くはないだろう。しかし、ゲリラとなればいくらでもしぶとく、英雄的に、戦いつづける。職務中とて、自分が大きな機構の一部分だとは思っていない。だから、銀行の窓口でも、航空会社のカウンターでも、個人の名誉をかけた論争がすぐにはじまる。客の列が長かろうが、上司が介入をこころみようが、絶対に譲らない。名誉心万歳。

都会的でないのかもしれない。人と人のつながりは肩書などよりよほど重視される。家庭や親族の絆は大変に強く、成人して妻子もある子供たちが、みな両親の家のすぐそばに住んでいたりする。日曜日の昼には一族が親の家に集って、母親の作る料理をかこみ、午後を過ごす。これはつまり村の生活ではないだろうか。

アテネの人はあまり大移動をしない。家の周囲だけでほとんどの用をすませる。映画館もレストランもどこにでもあるし、おしゃべりという楽しみは煙草を買う際にも満たすことができる。みんながおもいおもいのことをしているのだから、都心に人が集中するという現象は起らない。最近では国の人口の三分の一がここに集っているのに、その人口は市全体に適度に分散している。アテネで本当に人が集る場所はただ一つ、フットボール場だけである。

家庭料理が最高

どこに行けばアテネの味に出会えるか。これはなかなかむずかしい問題だ。アテネ人は味覚だけを独立して追及しない。食事にはまず友人が必要で、それからワインがあり、なによりもたっぷり時間があり、それから料理がある。そのためにはタヴェルナへ行く。もう少し地味にやる時にはエスティアトリオンと呼ばれるレストランに行く。店に入って席を決めたら、厨房へ入っていって、そこに並んだ料理をよく見て、気に入ったのを注文する。これは実際的で、気取らない、良い選びかただ。

料理は風土を反映する。たっぷりのオリーブ油、トマトの味、パスタの類、さまざまの野菜、ヨーグルトといったところが基本だろうか。肉類は牛と羊と鶏が主で、ポークはめったに食べない。イタリア料理に近い一面もあるが、肉の食べかたではトルコ人の影響が強い。トルコ人はもともと遊牧民だから、羊を料理するのが上手なのだ。ただしギリシャ人自身はこの影響をまず認めない。

しかしながら、アテネで有名なタヴェルナや高級なレストランに行って、ひととおり食べ、満足して、これがこの町の味だと思ってはいけない。アテネで一番うまいのは家庭料理なのだ。主婦のなかには無論のこと料理の上手な人も下手な人もいるが、上手な主婦の作るギリシャ料理にはどんな店もおよばない。プロの料理人は彼女たちの真似をしているに過ぎない。

ギリシャ料理は正直である。凝った珍しい材料を使うわけではなく、人を驚かすような盛りつけもしない。メニューの数もそれほど多くはない。そういうことが料理としての発達のあかしであるとすれば、多分未発達なのだろう。だが、この町でしばらく暮して何軒かの店を知ったあとで、だれか知人の家に呼ばれ、そこの女主人が朝市場に行くところからはじめて楽しそうにいそいそと一日がかりで作ったに違いない料理を口にすると、危いところだったと思う。つまり、そういう体験をせずにこの町の味覚を論じるのは大きな間違いなのだ。

オーブンを使う料理が多いが、もし自分の家になければ、材料を鍋に仕込んで、パン屋に持ってゆくと、少々のお金でちゃんと焼きあげてくれる。日曜の昼食にこれをやる家が多い。昼近くになると、美しく焦げたチキンの丸焼きなどの大鍋を、おばさんたちがしっかりとかかえて家へ運んでいる。だまして腿の一本も盗みたいほどうまそうに見える。

古代への散歩

最近はアテネも公害がずいぶんひどくなったようだが、それさえなければこの町はとても散歩にふさわしい。アクロポリス、古代アゴラ、ケラミコスなどの遺跡は、日射しの強い夏の午後を別として、歩いてまわるのにちょうどよい圏内にある。純然たる散歩と決めてただ歩くだけでもよし、案内書を片手に遺跡を読み解くようなつもりで行けば、脚力だけでなく知力と想像力も練磨できる。

観光客の数は多いが、彼らはたいていアクロポリスにしか行かないから、それ以外の遺跡ではまずわずらわされることはない。たとえばアクロポリスのすぐ下にディオニュソス劇場のあとがある。現在見られる半円型の石の客席と舞台は紀元前四世紀に作られたものだが、それ以前にこの同じ場所にあった劇場で、アイスキュロスやエウリピデスの作品が初演された。春先に行くと、白い石が柔らかな陽光に暖まり、若い草の緑はその暖い石の色と見事に調和している。何週間かおいて再訪すれば、野草はみな小さな花をつけ、蜂の羽音と遠方の車の音がここの静けさを強調しているだろう。町の中にいながら、しばらく町のことを忘れ

●書肆山田版詩集

相澤啓三**音叉の森**二八〇〇円
相沢正一郎**風の本**二四〇〇円
朝倉勇／脇田和**女のひとと鳥**二〇〇〇円
淺山泰美**ミセスエリザベスグリーンの庭に**二五〇〇円
阿部日奈子**キンディッシュ**二五〇〇円
天沢退二郎**南天お鶴の狩暮らし**二八〇〇円
有田忠郎**光は灰のように**二四〇〇円
安藤元雄**樹下**二四〇〇円
石井辰彦**ローマで犬だった**三〇〇〇円
稲垣瑞雄**点滅する光に誘われて**二八〇〇円
稲川方人**君の時代の貴重な作家が死んだ朝に君が書いた幼い詩の復習**二七〇〇円
入沢康夫**アルボラーダ**二六〇〇円
岩辺進**ケンポナシの木蔭で**二二〇〇円
岩成達也**風の痕跡**二四〇〇円
宇佐美孝二**森が棲む男**二五〇〇円
江代充**梢にて**二五〇〇円
岡田哲也**茜ときどき自転車**二五〇〇円
長田典子**おりこうさんのキャシィ**二二〇〇円
粕谷栄市**鄙唄**二八〇〇円
金石稔**星に聴く**二五〇〇円
亀井知永子**地球の蜜を吸う**二五〇〇円
唐作桂子**川音にまぎれて**二四〇〇円
川口晴美**やわらかい檻**二四〇〇円
菊地隆三**いろはにほへと**二八〇〇円
木村迪夫**村への道**二五〇〇円
季村敏夫**膝で歩く**二六〇〇円
倉田比羽子**種まく人の譬えのある風景**二五〇〇円
黒岩隆**あかときまで**二二〇〇円
小池昌代**地上を渡る声**二五〇〇円
高啓**午後の航行、その後の。**二四〇〇円
小長谷清実**わが友、泥ん人**二五〇〇円
小林弘明**F・ヨーゼフ**二六〇〇円
是永駿**宙の上**二四〇〇円
佐々木幹郎**砂から**二八〇〇円
清水哲男**黄燐と投げ縄**二五〇〇円
白石かずこ**浮遊する母、都市**二六〇〇円
神泉薫**あおい、母**二六〇〇円
鈴村和成**黒い破線、廃市の愛**二六〇〇円
鈴木東海子**桜まいり**二四〇〇円
鈴木志郎康**とがりんぼう、ウフフっちゃ。**三〇〇〇円
関口涼子**グラナダ詩編**二四〇〇円
高貝弘也**露光**二五〇〇円

高橋順子 **海へ** 二四〇〇円
高橋秀明 **捨児のウロボロス** 二五〇〇円
高橋睦郎 **何処へ** 二八〇〇円
高柳誠 **放浪彗星通信** 二六〇〇円
財部鳥子 **氷菓とカンタータ** 二六〇〇円
瀧克則 **道隠し** 二五〇〇円
多田智満子 **封を切ると** 三二〇〇円
建畠晢 **零度の犬** 二六〇〇円
たなかあきみつ **イナシュヴェ** 二六〇〇円
谷川俊太郎・正津勉 **対詩** 一七五〇円
辻征夫 **かぜのひきかた** 一六〇〇円
辻征夫 **絵本摩天楼物語** 二八〇〇円
辻井喬 **鳥・虫・魚の目に泪** 二五〇〇円
粒来哲蔵 **穴** 二八〇〇円
時里二郎 **石目** 二八〇〇円
中江俊夫 **かげろうの屋形** 二八〇〇円
中上哲夫 **エルヴィスが死んだ日の夜** 二〇〇〇円
中村鐵太郎 **ポンパドゥール** 三〇〇〇円
新延拳 **背後の時計** 二五〇〇円
西元直子 **巡礼** 二二〇〇円
能祖將夫 **あめだま** 二二〇〇円
能祖將夫 **魂踏み** 二二〇〇円
野村喜和夫 **久美泥日誌** 二四〇〇円
ぱくきょんみ **何処何様如何草紙** 二五〇〇円
服部誕 **右から二番目のキャベツ** 二四〇〇円
林浩平 **心のどこにもうたが消えたときの哀歌** 二四〇〇円
林美脉子 **タエ・恩寵の道行** 二五〇〇円
平田俊子 **宝物** 二八〇〇円
藤井貞和 **神の子犬** 二八〇〇円
藤原安紀子 **アナザミミクリ** 二六〇〇円
藤本真理子 **水のクモ** 二六〇〇円
細田傳造 **水たまり** 二五〇〇円
松澤宥 **星またはストリップ・ショウ** 二八〇〇円
松本邦吉 **灰と緑** 二四〇〇円
岬多可子 **飛びたたせなかったほうの蝶々** 二六〇〇円
峰岸了子 **夢みる卵と　空の青** 二五〇〇円
杜みち子 **ぱらっぱらっぱ** 二六〇〇円
八木忠栄 **こがらしの胴** 二六〇〇円
八木幹夫 **めにはさやかに** 二六〇〇円
山崎佳代子 **みをはやみ** 二六〇〇円
山本楡美子 **森へ行く道** 二六〇〇円
吉増剛造 **裸のメモ** 二八〇〇円
李禹煥 **立ちどまって** 二八〇〇円
渡辺洋 **最後の恋　まなざしとして** 二〇〇〇円

●りぶるどるしおる

吉岡実**うまやはし日記**一九四二円
ベケット・宇野邦一**伴侶**二〇〇〇円
サントス・岡本澄子**私はエマ・Sを殺した**一七四八円
アルプ・高橋順子**航海日誌**一七四八円
ベケット・宇野邦一**見ちがい言いちがい**二〇〇〇円
芒克・是永駿**時間のない時間**一七四八円
ロッセッリ・和田忠彦**闘いの変奏曲**一七四八円
宇野邦一**日付のない断片から**一七四八円
前田英樹**小津安二郎の家**二〇〇〇円
バタイユ・吉田裕**聖女たち**二〇〇〇円
デュラス・小沼純一**廊下で座っているおとこ**二〇〇〇円
ボーショー・宮原庸太郎**オイディプスの旅**二九一三円
北島・是永駿**波動**二四二八円
前田英樹**言語の闇をぬけて**二九一三円
ジャベス・鈴村和成**小冊子を腕に抱く異邦人**三〇〇〇円
サントス・岡本澄子**去勢されない女**二四二八円
池澤夏樹**星界からの報告**一九四二円
メカス・村田郁夫**セメニシュケイの牧歌**一九四二円
メカス・村田郁夫**森の中で**一九四二円
アイギ・たなかあきみつ**アイギ詩集**二四二八円
バタイユ・吉田裕**ニーチェの誘惑**二四二八円
江代充**黒球**二〇〇〇円
ソクーロフ・児島宏子**チェーホフが蘇える**二〇〇〇円
シンボルスカ・工藤幸雄**橋の上の人たち**二〇〇〇円
中村鐵太郎**詩について**二五〇〇円
ベケット・高橋康也・宇野邦一**また終わるために**二〇〇〇円
石井辰彦**現代詩としての短歌**二五〇〇円
吉増剛造**ブラジル日記**二五〇〇円
デュラス・佐藤和生**船舶ナイト号**二〇〇〇円
ベケット・長島確**いざ最悪の方へ**二〇〇〇円
宇野邦一**他者論序説**二五〇〇円
バタイユ・吉田裕**異質学の試み**三〇〇〇円
バタイユ・吉田裕**物質の政治学**二五〇〇円
戈麦・是永駿**戈麦(ゴーマイ)詩集**二五〇〇円
関口涼子**二つの市場、ふたたび**二〇〇〇円
ボーショー・宮原庸太郎**アンチゴネ**三〇〇〇円
岡井隆**E/T**二〇〇〇円
前田英樹・若林奮**対論◆彫刻空間**二五〇〇円
中村鐵太郎**西脇順三郎、永遠に舌を濡らして**二五〇〇円
ジダーノフ・たなかあきみつ**太陽の場所**二五〇〇円
パス・野谷文昭**鷲か太陽か?**二五〇〇円
佐々木幹郎**パステルナークの白い家**二五〇〇円

松枝到**奪われぬ声に耳傾けて**二八〇〇円
入沢康夫**詩の逆説**三五〇〇円
岡井隆**伊太利亜**二八〇〇円
平出隆**多方通行路**二五〇〇円
石井辰彦**全人類が老いた夜**二五〇〇円
若林奮**I.W**——若林奮ノート 三〇〇〇円
矢野静明**絵画以前の問いから**二五〇〇円
メカス・村田郁夫**どこにもないところからの手紙**
コーノノフ・たなかあきみつ**さんざめき**二五〇〇円
高橋睦郎**歌枕合**二五〇〇円
吉増剛造・関口涼子**機**——ともに震える言葉二五〇〇円
ダルウィーシュ・四方田犬彦**壁に描く**二五〇〇円
デュラス・亀井薫**ガンジスの女**二〇〇〇円
ファーブル・宇野邦一**わたしは血**一八〇〇円
藤井貞和**詩的分析**三〇〇〇円
高貝弘也**白秋**二五〇〇円
ペルス・有田忠郎**鳥**二〇〇〇円
岡井隆**ネフスキイ**三五〇〇円
前田英樹**深さ、記号**三八〇〇円
ファーブル・宇野邦一**変身のためのレクイエム**二五〇〇円
吉増剛造**静かな場所**二五〇〇円
高橋睦郎**百枕**二七〇〇円
入沢康夫**ナーサルパナマの謎**二八〇〇円
笠井叡**カラダという書物**二八〇〇円
ラポルト・神尾太介**死ぬことで**二五〇〇円
鈴木志郎康**結局、極私的ラディカリズムなんだ**二八〇〇円
岩成達也**誤読の飛沫**二八〇〇円
季村敏夫**日々の、すみか**二五〇〇円
山崎佳代子**ベオグラード日誌**二六〇〇円
バタイユ・吉田裕**『死者』とその周辺**二八〇〇円
笠井叡**カラダと生命**三二〇〇円
石井辰彦**逸げて來る羔羊**二八〇〇円
矢野静明**日本モダニズムの未帰還状態**二八〇〇円

●

池澤夏樹詩集成二八〇〇円
伊藤聚詩集成七五〇〇円
岩田宏詩集成四五〇〇円
白石かずこ詩集成I五五〇〇円
鈴木志郎康**攻勢の姿勢**1958-1971 四八〇〇円
高橋順子詩集成三五〇〇円
高柳誠詩集成I・II各三八〇〇円
辻征夫詩集成新版四八〇〇円
冬野虹作品集成七八〇〇円

●ガートルード・スタインの本
地球はまあるい（童話）二〇〇〇円
ファウスト博士の明るい灯り（戯曲）三〇〇〇円
地理と戯曲（小品集）三五〇〇円
詩と文法その他（評論）近刊 以下続刊
●トリスタン・ツァラの作品
人間のあらまし（詩集）三二〇〇円
イマージュの力（美術論）三八〇〇円
詩の堰（詩論）四二二三円
狼の泉（詩集）三五〇〇円
アンチピリン氏はじめて天空冒険ほか三五〇〇円
七つのダダ宣言二〇〇〇円
ランプの営み（評論）二二〇〇円
●
ピエール・ガスカール**箱舟**二六〇〇円
ノエル・アルノー**ボリス・ヴィアン**六三二一円
P・J・ジューヴ**オードその他**三〇〇〇円
レミ・ド・グールモン**色づくし**三〇〇〇円
S=J・ペルス**風**三〇〇〇円
M・ドゥギー**愛着**四八〇〇円
エズラ・パウンド**大祓**三四〇〇円
エズラ・パウンド**仮面**三四〇〇円
エズラ・パウンド**カンツォーネ**三八〇〇円
ジョン・アッシュベリー**波ひとつ**三〇〇〇円
J・メリル**イーフレイムの書**三二〇〇円
J・メリル**ミラベルの数の書**四五〇〇円
J・メリル**ページェントの台本上・下**各四八〇〇円
E・シットウェル**ヴィクトリア**三五〇〇円
E・シットウェル**凍るひ**三〇〇〇円
E・シットウェル**惑星の蔓**四八〇〇円
D・G・ロセッティ**いのちの家**四六〇〇円
北島ほか**億万のかがやく太陽**二五〇〇円
芒克（マンク）**詩集**三五〇〇円
北島**ブラックボックス**二八〇〇円
北島（ペイ・タオ）**詩集**四五〇〇円
F・ニーチェ**ニーチェ詩集**三八〇〇円
パウル・ツエラン**ことばの格子**二五〇〇円
C・モルゲンシュテルン**絞首台の歌**三五〇〇円
P・ネルーダ**マチュピチュの頂**二五〇〇円
A・モンテロッソ**黒い羊 他**二〇〇〇円
A・モンテロッソ**全集 その他の物語**二五〇〇円
●谷川俊太郎の贈物
祝婚歌新しく始まる日々……その一番最初の日を祝う、東西の名詩選＊二五〇〇円

●
打田峨者ん句集**骨時間**二四〇〇円
清水哲男句集**打つや太鼓**一八〇〇円
辻征夫句集**貨物船句集**一五〇〇円
馬場駿吉句集**耳海岸**三〇〇〇円
四ッ谷龍句集**夢想の大地に**
おがたまの花が降る二四〇〇円
吉岡実句集**奴草**二八〇〇円
私のうしろを犬が歩いていた―追悼・吉岡実三〇〇〇円
秋元幸人**吉岡実アラベスク**三八〇〇円
板倉鞆音訳詩集**ぼくが生きるに必要なもの**一五〇〇円
飯島耕一**俳句の国徘徊記**二〇〇〇円
池澤夏樹**ギリシアの誘惑**一七九六円
市川政憲**近さと隔たり／存在する、美術**四〇〇〇円
入沢康夫**「ヒドリ」か、「ヒデリ」か**一九〇〇円
宇野邦一**物語と非知**二七一九円
岡井隆**『赤光』の生誕**三八〇〇円
岡井隆**鷗外・茂吉・杢太郎**四八〇〇円
岡井隆**森鷗外の『うた日記』**三二〇〇円
加納光於・瀧口修造**《稲妻捕り》Elements**一二〇〇〇円
季村敏夫**災厄と身体**一八〇〇円
清水哲男**蒐集週々集**二三三一円
白石かずこ**詩の風景・詩人の肖像**三五〇〇円
高橋順子**恋の万葉・東歌**一五〇〇円
財部鳥子**猫柳祭**一八〇〇円
築山登美夫**詩的クロノス**二八〇〇円
辻征夫**ゴーシュの肖像**二八〇〇円
辻征夫**ボートを漕ぐもう一人の婦人の肖像**一八〇〇円
辻征夫**ロビンソン、この詩はなに？**一六〇〇円
那珂太郎・入沢康夫**重奏形式による詩の試み**二五〇〇円
野村喜和夫**移動と律動と眩暈と**二五〇〇円
馬場駿吉**加納光於とともに**二〇〇〇円
馬場駿吉**意味の彼方へ**―荒川修作に寄り添って二〇〇〇円
林浩平**裸形の言ノ葉**二〇〇〇円
藤井貞和**反歌・急行大和篇**一九八一円
藤井貞和**言葉の起源**二四〇〇円
古井由吉**詩への小路**二八〇〇円
森内俊雄**空にはメトロノーム**二八〇〇円
八木忠栄**詩人漂流ノート**二〇〇〇円
時計の振子、風倉匠二五〇〇円
吉田裕**バタイユの迷宮**三二〇〇円
吉増剛造**静かなアメリカ**三八〇〇円
四谷シモン**NARCISSISME**三八〇〇円
和田忠彦**遠まわりして聴く**二六〇〇円

郵 便 は が き

〒171-0022

東京都豊島区南池袋2-8-5-301

書 肆 山 田 行

常々小社刊行書籍を御購読御注文いただき有難う存じます。御面倒でも下記に御記入の上、御投函下さい。御連絡等使わせていただきます。

書名

御感想・御希望

御名前

御住所

御職業・御年齢

御買上書店名

るのもいい。ごく安い入場券を売る小屋の前に、自転車の荷台に箱をつけたアイスクリーム売りのおじさんがいつもいた。

ディオニュソス劇場からはアクロポリスを越えて反対側、なかなか人の気付かないあたりにケラミコスの遺跡がある。ここは古代にアテネ市の門があったところで、城壁の一部や墓地、古代アテネ最大の行事であるパンアテナイア祭の行列の準備に用いられた建物の跡などがある。少し起伏のある広いところに大きな石がいろいろな形に並んでいて、野生の陸ガメがゆっくり歩いている。ここから出土したものは博物館に行けば見られる。さしあたってはこの地面の広がりと、二千数百年という時間の深さだ。

この町では古代はまことに近い。古典期のアテネはずいぶん多くの文学を残しており、それらはみな今でも新鮮に読むことができる。ソフォクレスやプラトンの読後感は、すぐに街路の先にひろがる遺跡に投射されるし、頭上には古代と変らぬ明晰な晴天がある。アリストパネスの喜劇の中と同じ類の滑稽なやりとりは街中にあふれている。進歩や退歩があるのではなく、変るものと変らないものがあるだけだ。そして変らない部分は人が思っているよりもよほど多い。石の文化はそれを遠慮がちに教えてくれる。

ケラミコスの遺跡でこのような考えが去来しても、特に書きとめるにはおよばない。ある日の午後をここで暖くのんびり過ごしたことだけ憶えていればいいのだ。

夏の輝き

アテネは暖い。緯度は意外に北よりなのだが、寒いのは真冬だけで、あとは、いつも温暖である。五、六年前の冬、雪が降って、それがすぐに融けず、半日ばかり町を白く覆ったことがあった。それが四十年ぶりの現象だと教えられた。雪がちらつくくらいは一冬に一、二度ある。また冬にはよく雨が降り、突風が吹く。しかし四月から十月まではほぼまちがいなく毎日晴れわたり、雲の影を見ることもない。湿度は低く、日射しはおそろしく強い。なぜあれほど、過剰なほど、陽光はあの地にふりそそぐのか。白い大理石の遺跡をまぶしく照らし、墓地の糸杉をいよいよ濃い翳で包む。夏の午後には人は外へ出ない。空気が乾いていて建物が石でできているため、屋内にいれば暑さは容易にしのげる。アテネで冷房があるのは観光客のための施設ばかりだ。アクロポリスは一つの巨大な岩塊だから、その上は熱された石の照りかえしで、市内のどこよりも暑い。トカゲさえ石の日陰の側にへばりついてじっと動かない。空は今にも神々が渡らんとするかのような見事な色を呈する。人々は午後はうつらうつらと過ごし、日がかげってから町に出てくる。夜は長い。

あるいは海水浴に行ってもいい。町の中心から二、三十分バスに乗れば、完備した海水浴場がいくつもある。ちゃんとした更衣室やパラソルのととのった公営の海岸でも本当に安いし、それさえ必要ないとなればどこでも泳げる。午後だけなどと急がずに数日の休暇ならばどこかの島へ行くこともできる。島は、ピレウスの港から一時間から十二時間までの間にいくらでもある。小さな家を借りて島に一か月もいられれば申し分ない。アテネに住んでいれば、家の前でタクシーをひろって三十分でピレウスの港、そこから何時間かでもう島に着く。このように開かれてあることもアテネという町の好ましい資質の一つだ。

ここはやはり夏の町だろう。厖大な数の観光客をたくみにやりすごして、落ち着いた昼間と騒々しい夜を重ねる。天候はあくまでも明快で、従って夏の間この町ではプラトンの哲学は大変に理解しやすい。ほかの土地でなら理性が扱うはずのものがここでは感性に属する。ヨーロッパでは珍しく水がうまいというようなことも、あるいは哲学となにか関りがあるかもしれない。こういうこと全部を背負って、偉大な夏は、神々のように毎年この町を訪れる。石も木も人も空も、この季節に輝きわたる。

野菜・果物・肉・魚

毎日どこかで路上の市が開かれる。曜日によって場所が決まっているので、それをおぼえておけば、どこに住んでいても歩いて十分の範囲内で、安く大量に買い物ができる。この「ライキ・アゴラ」つまり庶民市場で買えるのはもっぱら野菜と果物、そして花、時には魚屋が一軒出ていたり、荒物を並べた店があったりする。

野菜と果物は種類が豊富で、季節を追って次々にちがうものが登場するので、実に楽しい。ジャガイモやタマネギはキロ単位で売り手に計ってもらうが、果物は必ず自分でひとつずつ選ぶ。だれもがとても真剣な顔をする。この市は朝から開かれるから、昼近くなると当然きずものばかりが残り、どんどん値がさがる。葉書きほどの黒板にキロいくらと書いてあるのだが、それを手のひらで消しては新しい値を白墨で書く。だから料理に使うリンゴを買うような時にはわざと遅くなってから行く。

果物を自分で選ぶといってもたったひとつ例外があって、それはブドウだ。こればかりはいたむから客はさわらせてもらえない。それに房ごとの質の差もほとんどないから選ぶ必要はない。とても安くてありがたいのがアーティチョーク。逆に高くて手を出す気になれないのがバナナ。スイカは細長い形で一つ五キロ以上もある。

肉や魚が大量に必要な時にはオモニア広場に近い市場まで行く。体育館のように広い建物の中が全部肉屋というのは壮観で、解体しながら売っているから、珍しい部位でも必ず手に入る。肉屋たちは厚い俎板の上に大きな塊をおいて、幅の広い重い包丁で骨ごとたたき切る。無造作にやっているようでも厚味のそろった切り身が次々にできる。よく怪我をしないものだと思うが、そこはやはり年季の入った商売、絶対に失敗しないらしい。

魚市場には時々マグロが入る。あれは煮ても焼いてもさほどうまくないということになっていて、値もしれたものだ。十キロくらいの日本でいうメジならば一本買ってしまう。手さげの形をしたビニールの袋に入れてくれるのをさげてゆくと、なにせ口のとがった魚だから袋に穴があいて段々ずり落ちる。後から来る人が注意してくれるまでは気付かない。袋はもう役に立たないので、しかたがないから両腕に抱いて帰る。俎板にはのらないから、ベランダをよく洗ってそこで解体し、めかたを計って日本人の知り合いに売りつける。

あたりまえのことだが、食物はいつでもうまかった。

バイロンの恋

アテネから南東五十キロほどのところにスーニオン岬があって、海にむかう高い崖の上に海の神ポセイドンをまつる神殿がある。古代のままではないが、列柱が多く残っていて、往時の威容を想像することはできる（日本でも先年公開されたギリシャ映画『アレクサンダー大王』にもこの神殿が登場する）。ここの柱の一本にバイロンの名がくっきりと刻んである。なんといっても直筆だから、文学をこころざすむきはこの名前をなでればなにか御利益があるかもしれない。みんながそう思うので石はその部分だけぴかぴか光っている。

この詩人は一八一〇年の一月二十三日にスーニオン岬を訪れた。その前の年のクリスマスに彼はアテネに到着して、数か月を過ごしている。その途中でスーニオン岬に遠足に来たのだが、ここがいたく気に入ったらしく、後に『ドン・ジュアン』の中でこの岬のことを書いている。

バイロンは二十一歳の時から二年間、地中海の各地を旅してまわり、その印象をもとにした長編詩『チャイルド・ハロルドの遍歴』によっておおいにもてはやされた。この彼の出世作ともいうべき本の中に「アテネの乙女に――別れに際して」という詩がある。愛する少女との別離を扱った、いかにもバイロンらしい、情熱の詩。バイロンに愛されるほどの乙女がいたとなればこれはアテネにとってもなかなか名誉な話である。

この乙女はテレサ・マクリという名で、バイロンが泊まっていた家の末娘だった。アテネにはまだ旅館がなかったので、旅人はみな町の有力者の家に泊めてもらった。利発な美しい娘だったらしいが、バイロンの気持が本当に恋と呼べるものだったとは思えない。

なぜならこの時、彼女はたった十二歳だったのだ。かわいいとは思ったのだろう。バイロンが彼女を買いたいと母親に申し出て断られたという話や、逆に結婚したいと言ったら暗にお金を請求されてがっかりしたという話が伝わっているが、どちらもにわかには信じがたい。詩人は虚構の恋をもとにしても作品を作るから気をつけなくてはいけない。がらくたを集めて楽しいアテネのベナキ博物館に、テレサ・マクリのボンネットというのがある。

バイロンはその十五年後、今度は独立戦争を援助するため、もう一度ギリシャを訪れた。アテネまで来ることはできず、ずっと西の方、ミソロンギという陰気な町で熱病のために、三十六歳で死んだ。彼の死は西側の関心をギリシャにむける役割を果たした。現在、アテネの郊外には彼の名をとってビロンと呼ばれる地域がある。

微風の通う修道院

アテネの町は三方を山にかこまれており、東の方の山は、古典風の発音ではヒュメットス、現代語ではイミットスと呼ばれる。この山の中腹にケサリアーニの修道院がある。

バスを終点で降りて、新しい墓地をぬけ、三十分ほど登ってゆくと、曲がりくねった糸杉の並木のむこうに、修道院の黄褐色の石が見えてくる。小さな教会とそれに付随するもっと小さな礼拝堂があり、僧房と回廊があり、食堂がある。今はもう僧たちはいなくて、管理人がいる。

この修道院が建てられたのは十一世紀のことだという。素人の目ではどこが本来の姿で、どこが後期の修復か定めがたいが、今の姿は、余計なものも取りはらわれて、昔日の雰囲気を充分にたたえているように思われる。一時はずいぶん栄えて、僧も多く、特にここの図書室は貴重な写本を多く擁しているので知られていた。また、十五世紀にアテネの町がトルコ人のものになった時、町の鍵を金の皿にのせてコンスタンティノープルの征服者のもとへ運んだのは、この修道院の院長だという。

修道院の繁栄には経済的な裏づけがあった。イミットス山は古代から蜂蜜と薬草で有名である。それに僧たちはオリーブを栽培し、ワインを作った。

またここにはとても水質のよい鉱泉がある。かつて僧たちはこの水で身をきよめ、この水を飲んだ。今も湧き出る水を町の人々は大きな容器をもって汲みに来る。ギリシャ人は水の味にうるさいのだ。

この修道院の周囲の森は素晴らしい。第二次大戦中の燃料不足から裸にされてしまったこの山を、丹念な植林によって緑にもどしたのは「アテネ樹木友好協会」である。表土が流れてしまったところには土をいれて、全部で二百万本の木を植えたという。

かくしてここはオリーブや糸杉やサイカチやアーモンドの木がよく繁って、いつも匂いのよい微風が吹いている。

オリンピアやデルフィの遺跡に行けばわかることだが、ギリシャ人は精神を養うにふさわしい風土をみつけるのがうまい。聖域はいつも神によって用意される。人はただそこが聖域であることに気付くだけだ。ケサリアーニの修道院は、小規模ながら、そのような聖性をそなえている。ここで数時間を過ごすと、はるか遠方を観照する力が身にそなわる。精神にとっては休息がそのまま活動であることがわかる。思えばここの産物、蜂蜜やオリーブやワインは、みな肉体よりも精神の糧ではないだろうか。

芝居の楽しみ

劇場はなによりも都会的な施設である。田舎で芝居が見られるのは、あの『旅芸人の記録』というギリシャ映画にあったように旅まわりの一座がやってくる時だけだが、都会ではいつも芝居を楽しむことができる。いろいろ田舎の性格を残しているアテネもこの点ではなかなか立派な都会である。

アクロポリスの下に、ディオニュソス劇場とは別にもうひとつ古代の劇場がある。紀元二世紀にヘロデス・アッティクスという文化に造詣の深い資産家が建てて公共の用に供したもので、彼の名によって呼ばれている。ここは客席を改修し簡単な舞台を作って今でも使われており、夏の夜にはギリシャ国立劇場が毎晩のようにここで古典劇をやる。緞帳もまわり舞台もない劇場はギリシャ悲劇にこそふさわしい。観光客はこれを一種のショーとして見に来るし、ファンは役者を見る。専門家はコロス（合唱隊）の動きなどに注目してみている。

国立劇場はまたオモニア広場の先に大きな常設の小屋をもっていて、冬のあいだはもっぱら現代の作を演ずる。彼等がロルカの芝居を二本やった時は実に見事な出来栄えだった。地中海の西と東とはいってもスペイン人とギリシャ人の間には少からず共通のものがあり、それがこの劇に生命を与えていると思った。

もっとくだけたものが見たければ、例えばアリキ・ヴュクラーキというとても人気のある女優が率いる一座が、歌あり恋あり涙ありのにぎやかな芝居をやっている。まことに芸達者な人で、ギリシャ語で演じられる『マイ・フェア・レディー』がどんなものか知りたいような場合には、この小屋に行くとおおいに笑うことができる。

カラギオジス影絵芝居の一行がアテネにまわってくることもある。これは伝統的な芸能で、カラギオジスとハジアヴァテスという二人組を中心とする滑稽なやりとりが、ちょうど漫才のように展開する。そのほかに商人や娼婦、魔女や太守やユダヤ人、ラクダとコウノトリといった雑多な顔ぶれが、幅三メートルほどの舞台の上を右往左往する。アレクサンダー大王が出てきて龍を退治することもある。ギリシャへはトルコから入ったので、トルコの方でも盛んに行われているが、本当の起原はジャワらしい。それがジプシーたちの手ではるばるとインドや中近東を経由してギリシャまで伝わってきたのだ。ロンドンの『マイ・フェア・レディー』とジャワの影絵芝居がアテネで会する。さても世界は狭い。

地下の博物館

ギリシャは博物館を作らないわけにはいかない。良い美術品を集めて市民の教養をたかめるといった悠長な話ではなく、至宝が次から次へと出土してくるのだから、それを速やかに収容し、同定し、展示して、研究と鑑賞に供することは常に焦眉の急である。

今見ることのできるギリシャ美術のほとんどは出土品ではないだろうか。みな二千年以上も地面の下に眠っていた品だから、大地は人間よりもよほど安全確実に彫刻や陶器を保存してくれたわけだ。ルーヴルにある「ミロのヴィーナス」は一八二〇年にメロス島から出た。同じルーヴルの「サモトラケのニケ」は一八六三年までサモトラケ島に埋まっていた。アテネの国立考古学博物館にある雄渾な青銅のポセイドン像は一九二八年にエヴィア島のアルテミシオン岬でみつかった。どの品についてもこのような来歴がある。

「ミロのヴィーナス」が国外に流れたのは、十九世紀前にはギリシャにまだ博物館がなかったからである。大英博物館にあって「エルギン・マーブル」と呼ばれている元はパルテノンの彫刻群についても同じことが言える。だからこそ博物館は必要なのだ。美術と風土とはかかわりが深い。ギリシャ美術はやはりギリシャの光によって見られるべきである。

アテネ市内からもいろいろなものが出てくる。アクロポリスのすぐ北にあるアゴラの広い遺跡も戦前までは土の中だった。アゴラは古代のアテネの中枢部分で、公共の建物が立ちならび、物の売買も政治のかけひきも哲学論議もここで行われ、集会所や運動場もあった。これらすべての遺跡が地面の下に埋まり、その上に人々は家を建てて、何も知らずに暮していた。この遺跡を発掘するために三百五十軒の民家が取りこわされ、三十万トンの土がふるいにかけられた。出土した品は、古代にここにあったストアと呼ばれる建物を模したアゴラ博物館に収められた。発掘は今も続いている。

最近になってアパートが次々に建てられているあたりはどうせ古代にはオリーブ園だったはずだが、そんなところにも何が埋まっているかわからない。ましてアクロポリス周辺の、アテネでも古い町並に属する一帯は、古代からたくさん人が住んでいた。掘れば必ず何か出てくるという土地だ。自分の家の地下数メートルのところに美しい女神が埋まっているかもしれないと思いながら日を送るのは、ちょっと粋なことかもしれない。女神が夢枕に立ったら、朝一番にシャベルを買いに走るだろうか。

パルテノンの完璧

ぼくは一九七五年から三年ちかくアテネに住んだ。特に勉学をこころざすでもなく、商売でも公用でもなく、ただ住んでみたいがために住んだに過ぎない。こういう呑気な目的にこの町はまことにふさわしかった。しのぎをけずる文化の最先端ではなく、取りのこされてさびれてゆく土地でもなく、過去への未練をたっぷり残しながら、何歩か遅れて世界の動きについてゆく町。しかも文化といえば二千数百年前のおそろしく眩しい文化が今なお輝いている歴史の都。この重層性。

アテネにはパルテノンという絶対の規範が存在する。この建物ひとつのためにアテネは凡庸な首都であることをやめて、長い長い時間をつらぬく一条の光を浴びる不思議な町となる。ここに住んでいると嫌でもこのアクロポリスの上の白い神殿に縛られざるを得ない。逃れようがないのだ。

紀元前五世紀にこの建築が完成した事実それ自体が稀有のことに思える。古代にはパルテノンより大きな建物はいくらでもある。しかしそれらはみな広大で専制的な中央集権国家から生れた。アテネは、周囲のアッティカを全部含めても、まことに小さな国に過ぎない。当時ペリクレスという有力な指導者はいたが、基本は合議制である。この小国が十年ほどのうちにかかる大建築を完成させてしまった集中と持続と総意はやはり人を驚かす。

だが本当の驚異は建物そのものである。この建物はその意図において、材質において、形態において、構造において、光によって変化する色調において、完璧である。何をつけ加えることも何を取りさることもできない。何年にらんでいても細部の線一本ゆるがない。遠方から望もうが、近くからふりあおごうが、どんな隙もない。この建物ができるまでは完璧などという言葉はなかったのではないか。どうもおおげさなものいいになるが、それを懸念するうちにも神殿は背後から迫ってくる。いつもいつも気になってしかたがない。

アテネは幸福な町だった。人はまだ人として食事や会話を楽しむことができたし、天候はきわめて好意的だった。この町ではだれ一人走ることをしなかった。だれもがまるで十歩も歩けばそこはブドウ畑であるように暮していた。しかし人をあまやかすこれらすべての神々の好意の背後に、完成という恐しく遠い求道的な概念の方へ人をそっとうながす白い神殿がある。大理石で作られた建物が言葉によるどんな構築物をも凌駕している。アテネに住むということはこの神殿の力を経験することにほかならない。

ギリシャ　夏

今年の冬は例年になく寒かった。ひと冬に一度という約束になっている雪が五、六回も降り、そのうちの一度などは積って数時間のあいだ町全体を白く覆った。アテネで雪が積ったのは四十年ぶりのことだという。それでもパスハ（復活祭）を過ぎるころになると気候も本来の調子を取りもどし、夏はまたいつもながらのギリシャの夏、連日一片の雲もない澄んだひややかな青い空が輝いて、昼間は眠るか泳ぐかのふたつにひとつ、夜は明け方までおもてをうろつきまわる季節、単調で充実した夏が来た。夏さえそれらしければ冬などはどうでも良いのだ。ちなみに現代ギリシャ語では夏のことを「良い季節」と呼ぶ。

住む国を自分で選ぶ機会などめったに手に入るものではない。ある時、その気になって少々頑張ればどこへでも行ける立場にあるのだと気がついて、しばらく考えたあげく、ギリシャを選んだ。考えて選んだほどだから、なにがなんでもギリシャと思いつめて憧憬を燃やしていたわけではない。半分は計算、半分はなりゆきまかせという世間なみのことの進めようでこの国へやって来た。はじめは浅いつきあいのつもりだったのが、今ではずいぶんこの国に入れあげているという気がする。われわれだけでなく北ヨーロッパの連中でも、軽い気持でやって来てこの国につかまってしまうというケースは多いようだ。

近代社会の一員としてギリシャ人の評判は決して良くない。自動車の運転は下手で乱暴だし、軽工業の製品でも良質のものは作れない。約束は守らない。時間には遅れる。いつでも何か食べていて、なにかというと無駄話で暇をつぶし、大声でどなり合う。いわゆる美人は少く、料理は単純で大味、ワインばかり安くて豊富だからいよいよ始末が悪い。無責任でミスをしても下手な言いわけばかりならべて往生ぎわの悪いこと、等々。先進国の人々に言わせれば減点ずくめで、ＥＣ加入などとんでもないという結論が出る。しかしこれは少々見当違いではないかと思う。ビジネスを通じてギリシャ人に接するというのがそもそも間違いであって、都会生活とか生産性とかとは無縁なところで考えて、たとえば村の中でつき合う相手として見るならば、これほど人が良くて親切な人々はいない。アテネにいてさえ、高級な地域や観光客相手の場所だけ避けていれば、そういう人々の中に立ちまじって暮すことができる。アテネは時として近代都市の能率に欠けるが、そのかわり近代都市の冷たい面も少い。

この町へ来てまもなく、急いで家へ戻る必要があってタクシーに乗った。運転手はギリシャ人にしても特別陽気な気の良いおじさんで、こちらは当時まだ言葉が不自由で彼の矢つぎばやの質問には半分も答えられないのに、それでもむこうがあまり喋るから話がはずむという妙なことになった。家の近くまで来た時、彼は日本からの飛行機がどうのこうのとひどく面倒なことをたずねた。何が知りたいのか解しかねているうちに車は家の前に到着した。時間切れということにして車を降りようとしたが、それくらいで解放してはくれない。同じ内容を言葉をかえ、何度もくりかえす。それでもこちらの初等ギリシャ語では彼の高等な疑問は理解できない。彼は作戦を変え、子供を一人つかまえてきて、学校へ行っている以上英語ができるはずだからと無理に通訳を命じた。しかし残念ながらその坊やの英語も初等クラスだった。奮戦十五分、遂に運転手氏はあきらめて、愛想良くしかし少々無念そうに笑って、走り去った。

国民の性格は戦争の際によくわかる。第二次大戦の前夜、ムッソリーニは小国ギリシャをあなどって、なにかと難題をふっかけ、アルバニア国境に軍を敷いて降伏を迫った。ギリシャ国民は開戦を覚悟して黙々と準備をすすめ、勝算ゼロという情況にもかかわらず士気はおおいに高まった。イタリアの最終的な恫喝をギリシャは敢然とはねつけ、戦争は開始された。そして世界中が驚いたことにギリシャは緒戦ではなばなしく勝って侵入したイタリア軍を蹴散らしたのだ。この時、戦況はギリシャ人の性格にふさわしかったと言えるだろう。しかし半年後、ヒトラーの攻撃を受けたギリシャは、せっかく応援に来たイギリス軍との馬鹿げた連絡のミスから戦線を抛棄して、なかば無抵抗のうちにドイツ軍の侵入を許し、一気に全土を占領されてしまった。彼等はおそらく戦術的に強く戦略的に脆弱なのだ。だから、ドイツ軍の占領下で山にたてこもって苛烈な抵抗運動を展開し、各地で全村虐殺というような目にあいながらもしぶとく戦いつづけることは、むしろ彼等にふさわしい戦法だった。このゲリラ戦の場でも、感情が強く個人主義的なギリシャ人の性格はさまざまに発揮された。一方では同朋のために本当に死を覚悟して圧倒的な敵に敢然とたちむかう真の英雄を生み、他方ではごく些細な感情のもつれから友軍を敵に売る裏切者をも生む。そして抵抗組織同士の内戦。このような傾向は一八二〇年のギリシャ独立戦争ですでに現れていたし、ある意味では紀元前五世紀のペロポネソス戦争以来だとさえ言える。彼等にとって社会とはあくまでも個人の関係の総体なのだ。古代のギリシャ人が理性的で現代の彼等が感情的なわけではない。個人的に知った顔同士のあいだから民主主義は生れたのであり、僭主の指導力を市民の一人一人が直接に正しく評価できた場合にこそ都市国家は栄えた。現代のような数字と機構の時代にギリシャ人の活躍する舞台がないのはむしろ当然かもしれない。

島へ行くとしよう。一度上陸すれば帰りの船に乗るときまでは時計を全然見ないで暮せる。

どこの島でも港の前にはキャフェがならんでいる。山の上にある古典期の遺跡を見にロバをやとって遠出をしたり、泳ぐというほども泳がずに小石の浜で一日ぼんやりとしていた後、夕刻を待って港へ戻り、石畳の上にならんだカフェニオンの鉄の椅子にすわって、甘い濃厚なコーヒーをすするか、強い匂いのウーゾを飲むか。エーゲ海は冬季をのぞいてはいつもおとなしい。その海面の小さなさざ波の一つ一つをキラキラと眩しく照らしながらゆっくり沈んでゆく夕日を見て、ひたすら何も考えない。自分を囲んでいるのが静かな海と、松とオリーブと糸杉の丘、白い四角い家々と乾いた空気だけであることに満足して、遠くの方で時間がゆるやかに過ぎてゆくのをながめている。隣のテーブルでは老人が二人、村の誰かれの噂をのんびりと交換している。結局は自然なのだ、とふと思う。自然はその土地ごとに様相を変え、たとえば日本では人間より小さく、ヒマラヤやアマゾンでは人間よりはるかに大きい。しかしこの幸運の地ギリシャでは自然はちょうど人間と同じ大きさであって、人間は甘やかされることもなく、無視されて死ぬにまかされることもなく、この等身大の自然を相手にしているうちにおのずと四肢の伸びた人間にふさわしい精神を獲得する。古代の哲学者たちの語った知恵もみなそのようなものではなかったか。エーゲ海は陸地同士を隔てるよりはむしろ結びつける役割を果し、山間の狭い平野は人々をどうにか養うだけの穀物を産する。山からは蜂蜜がとれ、オリーブと葡萄だけはこの地で比較的潤沢だ。アテネのパルテノンは偉大な建物だが、ピラミッドのように人間という尺度を超えて大きくはない。

気がつくと日は沈んであたりはだいぶ暗くなっている。今夜も壮麗な星空だろう。小さな漁船の機関音が眠たげに水の上を渡ってくる。

ギリシャ　冬

先入観というものがある。

ギリシャといえば、これはどうしても夏で、青い空や青い海や白い遺跡のイメージは消しがたい。ギリシャ自身が観光地としてそのイメージを一所懸命に売ってきたのだから、強い日差しや白い熱い岩がまず思い出されるのはしかたのないことだ。

だからといってギリシャに冬がないわけではない。冬のギリシャには誰も遊びに行かないだけで、あの国に住んでいる人にとっては冬もまた生活の実感を作る大事な要素だ。観光客には知りようのない部分がどこの国にもある。そういうことを知るためには、どうしても最低一年は住まなくてはならない。ギリシャの冬はその一つである。

アテネを例にとれば、冬もさほど寒くはならない。思えばあの国があんなに暖いのが不思議であって、それを地中海のせいにして説明した気になっても、まだ不思議という印象はのこる。アテネの緯度は福島や新潟と同じなのに、年間の平均気温は鹿児島を抜いて足摺岬に等しいのだ。

夏のギリシャが観光にいい理由の何番目かに、雨が少いということがあって、たしかに四月から十月までは空は地平線まですっかり晴れわたり、雲を見ることさえまれだ。その分の雨が冬に降る。朝起きると、重たげな雲が低くたれこめ、しとしとと雨が降っている。寒さの方は何せ足摺岬だからたいしたことはないが、緯度が高いからなかなか明るくならない。あの灰色の朝の感じはやはりヨーロッパだと思わせる。

雨も一年中で最もよく降るアテネの一月が東京の一月と同じ、それが東京では最も降らない時期なのだから、豪雨というようなことにはなかなかならない。フードのついたコートがあれば傘はなくてもすむくらいだ。

しかしお天気というものはまことに信用のならないものであって、一度だけ、ものすごい豪雨が降ったことがあった。普段はないことだから、町や建物の造りにはそのための準備がなかった。あの町には半地下の部屋が多い。アパートメントの一番下の階はたいてい道路の面より少し下がって、人々の足下にある採光窓で明りを取るようになっている。レストランや倉庫になっていることが多いが、人が住んでいることもある。それにアテネというのはなかなか起伏のある町だ。

豪雨の水は急な坂をどっと流れおちて、採光用の窓を破り、半地下の住居に侵入した。寝耳に水とはこのことで、少からぬ人数が、自分の家で溺死した。半地下が危険だとは誰も考えていなかった。天災というにはどこか馬鹿げているし、誰も責任の取りようがなくて、実に奇妙な事件だった。

アテネでは普通は雪は降らないし、降っても積ることはまずない。ぼくがあの町にいた頃、一度だけ積ったことがあって、それが四十年ぶりだと言われた。だが、山に行けば雪は大量に降り、冬中積っている。ギリシャと聞いて地中海だけを思ってはいけないので、あそこはバルカン半島にも属する。山づたいにどんどん行けばユーゴからハンガリーまでも行けるのだ。山の中は寒い。

夏は観光客で賑わうデルフィの遺跡のすぐ上のあたりに冬はオオカミが出るという。たしかにデルフィにちかいアラホヴァの村ではオオカミの毛皮を売っている。日本でも評判になった映画『旅芸人の記録』には雪に閉ざされた寒村の風景がよく出てきた（だいたいあの映画には夏の真昼の眩しい日差しのシーンなど一つもなかった）。長いオーヴァーを着て、衣装や芝居の道具を入れたトランクを重たげに持った役者たちが雪を踏み締めて、いかにも歩きにくそうに、山奥の村へと登ってゆく。山の静けさがそのまま寒さであるようで、風の音がその寒さをいよいよ耐えがたいものにしていた。

ギリシャでぼくが一番寒い思いをしたのは、イタケーという島に行った時のこと。それは一月で、雪こそ積っていなかったが、寒さはひどく、小さな宿の部屋には何の暖房もなく、そこにいた数日の間ぼくはずっとふるえていた。宿のおばあさんが「寒いじゃろう、ほれ、持ってゆきな」と毛布を五枚くらい貸してくれた。どうせほかに客はいないのだし、もし百枚の毛布があったら百枚とも貸してくれたことだろう。しかし、その小さな部屋の寒々とした感じ、窓のふちの剝がれた空色のペンキの剝片、そのガラスの薄そうな窓の隙間から入ってくる風、外の空の灰色、壁にはられた一昨年のカレンダー、そういうもの全部が集って作られる寒さの雰囲気は、百枚の毛布をもってしても温められるものではなかった。

冬のエーゲ海は荒れることが多く、小舟はしばしば翻弄されるが、そのエーゲ海をこえてクレタ島まで行くと、ギリシャ本土よりはだいぶ暖い。たぶん海というものが、その奥の方では暖いのだ。それを汲み上げるすべをクレタは知っている。日射しも強い。三月のはじめにクレタのすぐ北のサントリニという島に行って、まるで海水浴のように真黒に日焼けしたことがあった。誰も住んでいない家のテラスに午後ずっと坐りこんで、上着を脱ぎ、ワインを少しずつ飲みながら、ものを考えていた。アテネはまだ寒かったから、南からそちらの方角を見て、ここは暖いと思うといよいよいい気持だった。

四月になると花が咲きはじめる。これはすばらしい。褪せた茶色の野原がたちまち無数の花を付けた野原に被われ、本当に野の花の絨緞を敷いたようになる。ギリシャは野草の種類が本当に多い。真赤なポピーをはじめとして、色とりどりの小さな花が広い野原全体に揺れている。近くを見て美しく、遠くに目を転じてまた美しい。

ギリシャの冬はこのような甘美な風景で閉じられる。

トロイゼンからの道

「アテネはなんと素晴しい人物を生み出したことか」　『ヘラクレス』

ポロス島を二度目に訪れたのが二月だったのか三月だったのか、気になりながらも確認できない。その年の三月の下旬にはぼくはイスタンブールにいたのだし、そうたてつづけに家をあけたおぼえはないから、あれはやはり二月だったのか。いかにギリシャとて二月にあれほど明るく晴れた暖い日は珍しいが、しかしその年の冬、ギリシャは異常に暖かった。

この島はペロポネソス半島の東端にあり、アテネからは西南六十キロほどにあたる。ピレウスを出て途中エギナに寄る連絡船で二時間半。本土と島とのあいだは極くせまい海峡になっていて、そのいつも静穏な湖のような海をへだててポロスの町は本土側のガラタと呼ばれる小さな港と対峙している。その間は二百メートルほどで、そこを小さな渡し舟が何隻も往復している。ペロポネソスの側に沈む夕日が海峡を大火のように染めるさまはなかなか美しい。アテネと共にのこしてきたアッティカの白い荒れた丘とは対照的に島には緑が濃く、ここがすでにペロポネソスの豊穣に属することはすぐにわかる。

詩人ヨルゴス・セフェリスに対する興味が一度行った島を再訪する理由になった。戦時中から戦後の内乱期にかけてギリシャ人は、なかんずく知識人は、みな疲れ、傷つき、悩み、悲しんだ。外交官だったセフェリスにその重圧は特に著しかった。やっと数か月の休暇を得て彼はポロスにこもり、その間に傑作『つぐみ号』を書いた。この時期の彼の日記とこの作品に対する関心から、彼が滞在していた静謐館（ガリニ）という建物を見ておこうと思ったのだが、その話は今は措くとしよう。島に行ってこの小さな目的を果した翌朝、ぼくは狭い海を渡って対岸のガラタに降りた。

古代に名を知られたトロイゼンがここからほんの少しのところにある。神話の中ではここはテーセウスの生れた土地として有名で、この英雄にとりわけ魅力を感じるものではないのだが、現代のアテネに住んで古代のアテネのことを考えているとまったく無視するわけにはいかない。道々この男のことを考えてみようかと思った。

しかし、念の為ずいぶん早く宿を出て渡し舟に乗り、七時半にはもうバスの停留所に着いたというのに、トロイゼン行きのバスはその十五分前に出てしまっていた。次の便までは四時間もある。ぼくは近くのカフェニオンに入って、バタと蜂蜜とパンという世の中で最も好きな朝食を認めながら、どうすべきかを検討した。いったいいくつの町や村でこの時間にこの朝食をとりながらその日の計画をたてたことだろう。その日は日曜日で町は静まりかえっていた。空はもう青一色に晴れわたって良い一日を約束している。

要するに歩いてゆけばよいのだという単純な結論にぼくは達した。手元の道路地図によればトロイゼンまでは十二キロ、ゆっくり歩いても三時間はかからないだろう。天気は申し分ないし荷は軽い。そう決めてカフェニオンを出、町をぬけて、オリーブとオレンジの木々の間をゆくまっすぐな道をたどりはじめた。道は海岸線に平行で、右手のオレンジ園のあいだからほんの時おり海が見える。海はそう遠くないのだが、土地の傾斜が極くわずかなので、さほど密集しているわけでもない果樹や背の低い雑木の茂みにも遮られてしまう。左手も同じように利用されている土地だが、その背後には間近かに山が迫っている。尾根づたいにずっと北西に行くとエピダウロスの劇場と遺跡があるはずだ。

テーセウスは遅れてきた英雄である。始原の混沌の中から世界が作られ、神々が生れ、大地が人間を造り出し、人は数を増して地に栄え、時には神と人の結びつきから、時には人の中から、英雄が登場して人々を導き、やがて国というものができあがる。そして年号なき神話の時代が次第に歴史の一年ごとにとってかわられる。この神話から歴史へのゆっくりとした推移のさなかにテーセウスは立っている。彼の物語にはこの二つの要素が雑然といりまじっている。神話に由来する部分は多く、歴史に関る部分は少いが、しかし彼の名をこれほどひろめたのは歴史の部分の方であり、それがちょうど磁石が多くの鉄片を集めるように神話的なエピソードを引きよせた。そして神話的な部分でも彼は神よりも人との交渉を通じておのれを開示する。ギリシャ神話の英雄の物語では人間の世界のすぐわきに神々の体系があって、頻繁にそれとかかわりつつ話は進行するのだが、彼にあってはそれもあまり行われない。彼の父は人間であるし（実の父はポセイドンであったという「異説」は曖昧に小声でささやかれるに過ぎない）、ペルセウスのように姿をかくしたり空を飛んだりする能力も彼には附与されない。彼が退治した最大の怪物はミノタウロスだが、メドゥーサに比較すれば、ボルヘスが『アステリオンの家』に書いたとおり、この凡庸な半牛半人はさほど恐しい相手とは思われない。彼の死にかたも地味を通りこして情ないほど。従って死後昇天したとも星になったとも聞いていない。また、彼をさかいにして英雄の概念は大きく変る。彼よりは少し年長のはずだが一応彼の同時代人であるヘラクレスの死を見取ったピロクテテスがトロイ戦争に参加したことを考慮すれば、テーセウスはアキレウスやヘクトールともほぼ同じ時代、ただし戦争には行かなかったのだからほんの少し前、に属すると考えられる。そしてトロイ戦争の英雄たちはもう完全に人間である。彼等は怪物退治には行かず、神々との交渉もひたすら受動的で張り合うような真似はまずしない。テーセウスの後のトロイ戦争の英雄たちの後、人の世は立法者や僭主は生み出しても、もう英雄を生みはしなかった。

しかしあまり話を先へ進めずにまずは彼の生涯を、少し批判的に、見てみよう。テーセウスはトロイゼンに生れた。母はアイトラと呼ばれる。祖父はピッテウス、従って曾祖父は、ペロポネソスの名の起り、「富の量よりも子供の数によってペロポネソスにいた王の中で最も勢力があった」ペロプスということになる。この半島は古来タンタロスとテュンダレオスの両家によって統べられてきたが、テーセウスは実際にはともかく血統的にはタンタロス家に属している。母が人間であることはほぼすべての英雄に共通だが、彼の場合には父も人間だった。アテネの王アイゲウスは子ができないのでデルフィへ神託を伺いに行き、例のごとく曖昧な答を得て国へ戻る途中、賢者として知られたピッテウスに神託を解いてもらおうと立寄る。ピッテウスは言葉たくみに彼を自分の娘アイトラとめあわせてしまった。実はこの時アイゲウスの役をこっそりポセイドンが果し、従って英雄の実の父はやはり神なのだという説もあるが、そして英雄自身も時にはなかばそれを信じているような、ないし人が信じるにまかせておくようなそぶりを見せるのだが、やはりこのゴシップめいた説は実際には説得力に欠ける。いずれにせよ彼の生涯は父がアイゲウスであるという想定のもとに進行する。アイゲウスはアイトラと一夜を共にしただけでアテネに戻った。彼はもし男の子が生れたらこれを持ってアテネに来るようにといって大きな岩の下に刀とサンダルを残していった。一夜の契りから男子が生れ、長じて勇敢かつ頑強な若者になる。七歳の時たまたま祖父ピッテウスのもとを訪れた英雄ヘラクレスの獅子の皮を見て、ほかの子供がみな逃げたのにテーセウス一人はこの猛獣を殺そうと召使いの刀を執ってこれにたちむかった。このいかにもプルタルコス好みの逸話を彼がテーセウス伝の中に入れていないのはどういうわけか。怪力乱神を語らない合理主義者としてはヘラクレスの名をしるすわけにはいかなかったのだろう。総じてプルタルコスのテーセウス伝は神話的要素を排除するためにずいぶん多くの努力がはらわれているという印象を与える。

やがてテーセウスは自分の父がアテネの王アイゲウスだと聞いて出発を決意する。岩の下の刀とサンダルは苦もなく回収した。安全で速い海路を拒んでわざと陸路をとり、海岸沿いに北上してコリントスに入り、地峡を渡ってからは再び海に沿って東にむかった。折からヘラクレスが女王オンパレのもとで苦役についていた時とて、この街道沿いには野盗がはびこっていた。そこで彼はペリペテス、シニス、スキロン、ケルキオン、プロクルステスと都合五人の盗賊を始末し、ついでにパイアという牝猪も殺した。トロイゼンからアテネまでは陸路でも二百キロ、つまりはほんの数日の旅程にすぎない。英雄の旅としてはいささか寸足らずだし、盗賊も小者ばかりなのだが、このあたりを少し歩いたものにはそれがかえって彼という人物を理解するよすがとなる。トロイゼン、エピダウロス、コリントス、メガラ、エレウシスといった地名はたやすく頭の中の地図の上にならべられる。そしてこの現実的な地理が彼の「歴史性」を強めるのだが、それについてはまた後で考えよう。

アテネに着いた英雄はしかしおのれの身分を名告らない。老王アイゲウスの妻におさまっていたメディアは魔法にたけているからすぐに彼の正体を知り、王を通じてマラトンの猛牛を退治するという任務を彼に命じる。しかし若い英雄は彼女の予想に反し、牛を殺して戻ってきてしまった。メディアは毒の入った酒で彼を亡きものにしようと企て、アイゲウスを言葉たくみに説いてこれを実行に移す。いざという時、テーセウスの佩いていた刀に目をとめたアイゲウスは、自分の目の前にいるのが息子だと気付いて毒盃をはらいおとす。メディアは裾をからげて逃亡した。この父と子と義母の三角形からなるメロドラマは後に憎悪を恋情に置換した形でテーセウスとヒポリュトスとパイドラの間にくりかえされる。レヴィ＝ストロースの神話論に沿って分析すればおもしろいのだろうが、その力量はぼくにはない。

マラトンの牛を退治したくらいでは彼はまだ英雄として認めてはもらえないし、正統な王位継承者にもなれない。かくて彼の生涯で最も重要な、また魅力的でもある、クレタ遠征の一件が物語られる。クレタの王ミノスは九年に一度ずつ七人の少年と七人の処女をクレタに送らせ、自分の息子(といっても実は彼の妻パシパエとポセイドンが海から送った牡牛とのあいの子)である半牛半人の怪物ミノタウロスの犠牲としていた。この屈辱は当時アテネがまだ弱かったことを示し、テーセウス以後アテネが強くなったことを強調する。この犠牲の第三回目の期日が近づき、テーセウスは志願してみずから犠牲の一人になり、クレタにむかう。無論怪物を殺すつもりだ。もしも首尾よくミノタウロスを倒して凱旋する時には船に白い帆をかかげ、失敗して彼を乗せない船が戻る時には黒い帆を張るという約束がなされた。クレタに着いたテーセウスはミノスの娘アリアドネの好意を得て、というよりはもっと具体的に暗殺に成功したら彼女を島から連れ出して妻とするという契約のもとに、援助を受け、迷宮の奥深く進む。そして見事にミノタウロスを殺し、アリアドネのくれた一巻の糸の目印によって無事迷宮を脱する。ここでは彼の敵が二重であったこと、つまりミノタウロスのみならず迷宮に対する敗北もまた彼の死を意味したことに注目する必要がある(「このラビュリントスというのは、内部へ入った者がいちばん奥に行き着くことができないという意味での迷路ではなかった。つまり入った者は同じ道を通って戻らねばならなかったのであって、これがたいへんに難しいことであった」というケレーニィの指摘はその意味で重要である)。ミノタウロスには彼は腕力で勝ち、迷宮には少女の助けを借りて勝った。そしてギリシャでは不思議なことにこの後者の方も非常に重要な英雄の資質になっている。英雄は膂力のみならず叡智をも具えねばならず、しばしば叡智は奸計を意味する。テーセウスの英雄の資格に疑義があるとすればそれは彼が、メドゥーサの首を斬った時のペルセウスやアウゲイアスの家畜小屋の掃除をした時のヘラクレスとはいささかちがって、全面的にアリアドネにたよった(しかも彼女は迷宮の設計者ダイダロスから糸の利用を教えられていた)という事情の故にほかならない。それでもなお迷宮からの脱出はミノタウロス打倒よりむずかしい、従って後世から見れば印象的な勝利であった。ミノタウロスはその名前からしてミノスとタウロス(牡牛)の単純な結合であり、それは綽名にすぎなくて本名はアステリオンというのだという弁解を受入れるとしても、やはり凡庸な印象は否めない。本名がそうならばなぜそれと星(アステリオス)との具体的関係は示されないのか？ こういうものの殺害に手を貸したくらいでアリアドネにメディアと同じ兄弟殺しの汚名を着せる必要はさらさらない。

さてテーセウスは約束どおりアリアドネを連れて船に乗る。しかしなぜか彼は船がナクソスに寄ってみなが上陸し一泊した際に、眠っている彼女をそこに置去りにして船を出してしまう。これはテーセウスの生涯で最も謎めいた行為である。彼はすでにこの少女に厭きてしまったのか。彼女は置去りにされたのではなく父を裏切り兄の殺害を手伝った故にここでアルテミスによって射殺されたのだという説もある。ほかにも説明はいくつかあるがどれも我々を納得させるにはいたらない。結局、古い物語には謎や矛盾が多く、それもまたそのような物語の魅力の一部をなすのだとしておこう。そのような点を改変したり補完したり、物語をより整合的に作りなおす作業はずっと後の世代の詩人の任務に属する。しかし、それにしても、なぜテーセウスはアリアドネを見捨てたのか？

この件のために錯乱した彼はアテネに戻る際に帆の色に関する取りきめをすっかり忘れ、黒い帆のまま入津する。父アイゲウスはそれを見て嘆き、一説にはアクロポリスから下の岩に身を投じ、一説には海に跳びこんで、果てる。海の説はそのままエーゲ海（アイゲイオン）の語源になっている。

テーセウスは王位継承権を主張する五十人の従兄弟たちの武装蜂起を苦もなく蹴散らしてアテネの王になった。そしてアッティカ各地の町村を併合して、アテネを中心とする一種の国家を作った。この国家形態ないし政権はシノイキスモス（共住）と呼ばれ、都市国家としてのアテネ＝アッティカを導く概念となる。また彼には後の時代のアテネに行われるさまざまの制度や慣習が帰せられ、最も重要なものとしてはパルテノンのフリーズに今も残る（といっても例のごとく運び去られて大英博物館はエルギン・ルームにあるのだが）パンアテナイアの祭礼が彼によって創始されたということがある。

かくて彼は王となった。彼の人生は完成したといってもよい。ヴァレリー風に言えば「後は馬鹿騒ぎ」だ。これ以後に彼に起ること、彼が行うことは、みなたがいに脈絡のない神話的エピソードのモザイクにすぎず、神話的人物としての彼の像を作るために外から付された勲章かなにかのように映る。妻パイドラと息子ヒポリュトスの死の一件と彼自身の死とがその例外と言えるだろう。前者はその真の神話性の故に、後者は歴史性の故に。

彼はアマゾンの国への遠征にヘラクレスの従者として赴き、その一人を妻として連れかえった。この誘拐がもとでアマゾンたちがアテネに攻めよせ、アレオパゴスの丘あたりで戦闘が行われたというが、また一説には彼がこの乳房一つの女丈夫の妻をかえりみずミノスの娘（つまり殺されたミノタウロスと置去りにされたアリアドネの妹）にあたるパイドラをめとったのが理由だったとも言われる。この戦闘はひどく実感を込めて語られるが、それはアレオパゴスとかプニックス、ムーセイオンといったアテネ市民にとってはあまりに身近な地名の故だ。これらの丘は市内も市内、アレオパゴスなどはアクロポリスの登り口から本当に三歩のところにある。なぜ娘子軍はこんな近くまで近づいて戦闘を展開することができたのだろう。アテネ市民たちもこの戦いにはテーセウスの部下として参加したわけで、この武勲を喧伝するためにパルテノン南側のメトープの一部はアマゾノマキアを主題としている。

アマゾンは撃退され、破綻に終った結婚はテーセウスの手元に一人の息子を残した。彼ヒポリュトスはアテネには住まず、トロイゼンの曾祖父ピッテウスのもとで毎日狩にあけくれていた。彼の名は馬（ヒッポス）を暗示しているし、アマゾン族の守護神は男まさりの狩人アルテミスであるからこれは至極当然と考えられる。パイドラが彼に恋をした。アルテミスのみにつかえるヒポリュトスにアフロディテが意地悪をしたのだとも言われる。むくわれぬ恋に絶望したパイドラは凌辱未遂の罪で義理の息子を告発して自害する。激怒したテーセウスが息子を追放し、彼はアルゴスにむかう途中不思議な事故で死んだ。これはテーセウスの生涯で最も悲劇的な、つまり悲劇にふさわしい物語で、神々の干渉という神話的性格も強く、その故にぼくたちはこれをエウリピデスによって、ラシーヌによって、またジュールス・ダッシンの映画によって知ることができる。

テーセウスとペイリトオスの友情については簡単にすませよう。彼はこの親友を得、彼等はまるで二人の中学生のようにいささか間のぬけた冒険をあちらこちらで展開し、あげくのはてにはペルセポネを誘惑しようと冥府にまで降りてあっさりハデスに捕えられる。ヘラクレスが来て助けてくれなければ彼等は今でも冥府の「忘却の椅子」に馬鹿のように坐っていたことだろう。

老いたテーセウスはいかにもその立場にふさわしく人と運命の間の調停者の役割を何度か果す。盲いてさまようオイディプスをコロノスにむかえ、荘厳な死を見取る。狂って自分の妻子を殺したヘラクレスが狂気からさめて自殺しようとするところを説いて思いとどまらせる。またテーベを攻めて戦死し、埋葬を拒まれて野ざらしになっていたアルゴスの七将を手厚く葬る。

彼は長く生きすぎた。死の時は迫ったが、彼に用意された死は、ヘラクレスの場合のように真の英雄にふさわしい潔いものではなく、オイディプスのように悲劇的でもなく、次の世代のパトロクロスやヘクトールのような戦死でもなかった。彼はよくわからない理由からスキロス島におもむき、そこの王リュコメデスの手で崖から海に突き落されて死んだという。その遺骸と称されるものが前五世紀にスキロスからアテネに運ばれ、今もアゴラの一隅にある神殿に安置された。しかし眼光するどい現代の考古学者たちはこれにも疑義をはさみ、長年テーセイオンと呼ばれてきたこの神殿は本来はヘーファイスティオンだったと言う。

道はオリーブの木々の間をなおもまっすぐ続いている。右手の海はだいぶ遠のき、左手の山は狭い細長い平野の果てから急に立ちあがり、かすかな紫色にくすんでなおも北方へ伸びていた。トロイゼンの町はその山なみのふもとにあるのだろう。後から来た車がぼくを追いこし、十メートルほど行ったところで停った。日本製の小型トラックだった。窓から手が出ておいでおいでをしている。乗せてもらうことにした。

運転しているのは五十格好の実に良い顔をしたおじさんだった。もっともこの年になった田舎のギリシャ人は一人の例外もなくいい顔をしている。乗せてもらった以上は世間話の相手もしなくてはならない。相手は日本の車は実によく走るなどと世辞を言ってくれる。ギリシャについて誰でも誉めるのはまず天気だな、とぼくは安直に考えた。

「今年の冬はずいぶん暖くて楽だったね」

「そりゃまそうだが、こう雨が降らんことにはオリーブの結実が悪くてかなわん。都会の衆は喜んどるだろうが、わしらにすればなんともまあ困った天気だよ」

「そう、オリーブは雨がないと駄目なのか」

「冬の雨で収穫が決る」

そんな新知識を得ながらものの一キロも走ったところでおじさんは車を停めた。

「さあ、わしの家はこの奥だ」

ほんの少しでも車で運んでもらったことについて礼を言い、また歩きはじめた。ほどなく左への分かれ道が一本あって標識に「トロイゼン　二キロ」とある。ぼくは左に曲がった。道はわずかなのぼりで、左右はあいかわらずオリーブ林だったが、ところどころが草地になっていて山羊がつないであったり、ちょっとした畑を作ったりしている。

だいぶのぼったところで町に入った。ごく小さな町だ。カフェニオンでコーヒーをもらって一休みし、町の上にある遺跡にむかう。林の中をぬける細い道をゆくとやがて小さな川に出る。橋があって中世以来なぜか悪魔の橋と呼ばれている。その上にローマ期の塔の廃墟がある。山の中腹だけに見はらしはすばらしい。太陽の方角と高さのせいで海が見事な明るい青に染っていたというのは間違いかもしれない。これだけ離れてみると水の透明感などはまったくなく、青く明るくかたい物質の表面の、その質感ばかりが強調される。平野は決して広いとは言えない。古代にこの土地が生産した富の量も限られたものだったろう。そして、いつどこへ行っても思うことだが、ギリシャでは遺跡の規模とそれを取りまく平野の広さとは比例している。ミケーネとティリンスとアルゴスを生み出すためにはアルゴリスの平野が必要だったし、ボエオティアの肥沃な土地なくしてテーベは生れなかった。ここトロイゼンでは海岸沿いの細長い小さな平野が小さな平和な町を養っていた。

古代都市の一角へ出る。柱の立っている建物は一つもなく、礎石の保存も良いとは言えない。一番はっきりしているのがヒポリュトスの神殿で、その手前に大きなアスクレピオンの跡がある。ローマ時代初期におおいに流行したこの医神を中心とする医者たちのギルドは実に宣伝がうまかった。ここで、死んだヒポリュトスはアスクレピオスの手でよみがえったのだというまことしやかな説がひろめられた。ヒポリュトスの神格化は運動選手としての彼という側面から行われ、この町にも彼の名を取ったスタディオンとギムナシオンがあった。地面に四角く置かれた石の位置をたよりに、案内書と首っぴきで建物を一つ一つ確かめていかなくてはならない。パウサニアスはずいぶん多くの建物や像を例のごとくの綿密さで記載しているのだが、そのほとんどはもう所在も知れない。遺跡がひどく広い範囲に散在しているから素人には見つけにくいということもあるのだが、要するにここの建物は残らなかったのだ。

例えばパウサニアスはこの市のアゴラに面して「救いのアルテミス」の神殿と像があったと書いている。クレタから戻ったテーセウスが建立し奉納したもので、その理由をパウサニアスはこう説明する、「彼（テーセウス）はこれを自分の冒険の中でも最も見事なものと考えていたが、わたしが思うにそのわけはアステリオン（ミノタウロス）が彼が倒した相手の中で一番すぐれていたからではなく、その行為の後で迷宮をぬけ出して秘かに脱出し得たことに神の配慮を感じたからである」。この時の神がアルテミスであったという点については何の説明もないのだが、わざわざ女神をひきあいに出して脱出を正当化するほどテーセウスはアリアドネの援助を恥じていたのだろうか。アリアドネがアルテミスに殺されたという説もあった。そしてたしかにヒポリュトスを神と祀る町にアルテミスはふさわしいのだ。

ここからまただいぶ登ったところにこの町のアクロポリスがあり、アテナ・アテニアスの神殿があった。アテネという強大な都市と親しくすることによって身を維持した小さな町にアテネの神殿は無論必要だが、それを山の上に祭りあげたのには敬遠の感がなくもない。それに対してアルテミスの神殿は市中にあった。

神殿は常にモザイクである。不老不死の、いいかえれば時間のない世界に生きる神々の場合、その物語が時間に沿って伝記的歴史的には展開されず、曼陀羅かボッシュの絵のようにたがいに独立したエピソードの集合として提示されるのは当然の話で、これらの物語には順序は内在しないと言える。このような神話の性質は誕生と成人と老化と死によって時間の中に組み込まれている英雄の物語にも色濃くあらわれ、その最も顕著な例としてはヘラクレスの十二の功業がある。このモザイク性は神話というものの成立の非常に重要な要素である。理性的に神話にむかわんとする学者たちがついつい神話をモティーフ、というのはつまり、モザイクの一片ずつ、に分解し、異説を集め、系統分類を行い、比較し、遂にはレヴィ＝ストロースのように神話素(ミテーム)にまで還元するのは当然のことだろう。一方、モザイクが一片ずつから成ると同時に全体として一つの図柄を表している以上そのような学者たちの努力とは逆の方向へ詩人は力をつくし、ばらばらなエピソードを通じて共通の人格を再結晶させ、統一された一個の人間としての英雄を回復しようと試みる。神話にむかう態度はこの二つに分かれなくてはならないし、最終的には再び一つに戻らなくてはならない。

ではテーセウスの場合はどうか。彼の神話はいかなるモザイク画としてわれわれの前にあるか。テーセウスの生涯をほかの英雄たち、たとえばヘラクレスと、ペルセウスと、あるいはイアソン、極端な例としてメディアやオディュッセウスと比較してみると、彼の物語がほかの誰よりも整合的になめらかに語られていることに気付かざるを得ない。モザイクには違いないが、すでに誰かの手で分析され、余計なものを排除され、再び縫いあわされた神話という印象がなぜか強い。誕生からアテネ到着、マラトンの牛退治までは何の分岐もない一連の話であり、その後にクレタ遠征が来る。そして現アテネのいくつかの制度が彼に帰せられ、divertissementという感じで親友ペイリトオスとともに行った道化的冒険がいくつか語られ(異質の要素には違いないが、しかるべき位置にまとめて配されているが故に偉大な王という印象を弱めるよりはむしろ陰影を増す効果がある)、次にわれわれが見るのは見事に老いたる王の姿である。権威ある国王、集中して動かされない者、英雄たちと運命との調停者、一国の礎石を定めた者。そして暗転ともいうべき目立たない死。だが舞台は再び明るくなり、そこにはテーセウスなくしても繁栄を維持してゆける真昼のアテネの市民たちの雑踏がある。ことは成就したのだ。

テーセウスの物語を雑然とした混乱から起承転結のくっきりとした芝居にしたてあげたの

はアテネの僭主ペイシストラトスとその一派の詩人たちだった。前五世紀に入ってからのアテネはペルシャ戦争で主役を演じ、植民地を増し、ペリクレスの指導のもとにおおいに栄えるのだが、その準備は前七世紀の末あたりからいろいろな形で行われ、政治における二つの顕著な例としてソロンとペイシストラトスの社会制度整備がある。ペイシストラトスは優秀な政治家として当然神話による人心操作の術にたけていた。彼はテーセウスをアテネの父祖として徹底的にまつりあげることに決め、この英雄の物語を見事な腕で編輯してゆく。テーセウスがアテネのためになした多くの事業が語られ、人身朝貢からの解放という国家の独立と尊厳にとってきわめて大事な貢献が強調され、現行の制度や法令のいくつかにその祖としてテーセウスの名が冠せられる。こうしてアテネと英雄自身との結びつきが喧伝される一方、英雄自身の人格も少からず増幅され、特にヘラクレスとのつながりないし類比はしつこいほどくりかえし語られ（まず獅子の皮。彼の野盗退治はヘラクレスがリディアで女王オンパレの奴隷になっていた間のことで、つまりは代理として街道の治安回復にあたったことになる。彼が始末したマラトンの牝牛はヘラクレスがクレタから連れてきたもの。アマゾンの国へは彼はヘラクレスの従者という身分でおもむいた。彼が冥府でハデスにだまされて忘却の椅子に坐ったままになった時に助けてくれたのはヘラクレスで、そのお返しに彼は晩年ヘラクレスの自殺を思いとどまらせている、等々）、悪友ペイリトオスと女たちの尻を追ってギリシャ各地やら冥府やらを走りまわる姿も、いささか滑稽ながら、英雄にはむしろふさわしいものだった。ペイシストラトスたちは勿論この英雄神話を創造したのではなく、ただ政治の美学に依って結集と編輯につとめたのにすぎないが、彼等はそれに成功した。そしてその裏には、こうして編輯される以前のウル・テーセウスがなかなか陽気なおめでたい人物だったという幸運もおおいに力を貸しているだろう。いかに神話的詩的に偉大な人物だとてテーベの民がオイディプスの暗い姿をまつりあげる図は想像できない。アガメムノンにもメディアにもその側面はない。神話の終り、歴史のはじまりの時に出た「遅れてきた英雄」テーセウスとそれを受けて隆盛期にむかったアテネとの幸福な結合がこの珍しい成功を生み出した。その実に神話的かつ政治的な証左として、ペルシャ戦争のマラトンの戦いの際に一人の巨人が忽然と現れアテネ軍の先頭に立って戦ったという話がある。この巨人がテーセウスであったことは言うまでもない。

遺跡見物を終って山を降りながら考える――なぜ遺跡を見にゆくのか。専門家の調査ではない、ただ好奇心の強い素人の小さな旅。見得るもののほとんどについて案内書には詳しい記述がある。それを確認するというよりは案内書が書ききれなかったことについて小さな発見をいくつか重ね、古代にその地が見せた相貌を想像してみる。そう言うのさえおこがましいか。要するに旅に出る時に目的地の切符を買うための軽い形式的な言いわけ。神殿拝見とはいいながらもいつも幣（ぬさ）を持たない訪問。案内書に決して書いてないのは風景の色調といったことがらであって、それが土地ごとに違うさまをおのが目で見て楽しむのが目的。だとすれば、はじめから遺跡などはどうでもいいということになるが、ギリシャというところには人の訪れない地味な遺跡が多くあって、気楽に行ってみる良い理由となるのだ。トロイゼンをかこむ地形は小さくまとまり、豊穣でいかにもそこだけで完結している風だから、ここに住む人々が征服よりは安寧を求め、一時期は大国アテネをうまく利用してそれに成功し、サラミスの海戦に際してアテネの婦女子を預るといった鷹揚な面を見せ、後に二大国が力をつくして自滅的な戦いを戦った時にはほかの小国同様両大国の間を将棋の駒のように転々とせざるを得なかった、そのような歴史の像をこの山の中腹の遺跡と眼下にひろがる平野に重ねあわせることは、この現地ではたしかにたやすい。

町をぬけ、また海岸に沿った道までゆっくりとくだりながらどちらにむかおうかと考えた。歩いてガラタとポロスの方に戻るか、あるいは左に折れていっそメタナまで行ってしまうか。メタナはごく狭い地峡を経て海につき出した小さな半島にある港で、そこからもピレウス行きの便船に乗ることができる。トロイゼンを見終ってもぼくに割りあてられた晴れた一日の半分も費消しおわっていない。メタナまでの十数キロも歩いてしまうことにぼくは決めた。地峡のところまではテーセウスも辿ったはずの道だ。

しばらくはガラタからと同じような田園的なのどかな道で、左右はあいかわらず果樹とオリーブと野菜畑だったが、エピダウロス方面とメタナへとの分かれ道の後は一山越えるという感じで登りになった。日曜日のためもあるだろう、通る車はほとんどなく、天気は（オリーブと百姓には気の毒だが）あいかわらず申し分なくて、気温も登り坂で適度に汗ばむ程度。そんなところをぶらぶらと歩いてゆくうちに、朝から意識の表面を時おりかすめていたある図形が本格的に気になりだした。つまり尻尾が細く長いおたまじゃくしのような形だ。路上にこの形の黒いしみが画かれているのをたしかに何度か見た。全長二メートルほど。以前ほかの場所でも見たような気がする。このおたまじゃくしが何を意味するかしばらく考えてみた。古代に関ることに較べれば現実に目の前にある謎はいかにも与しやすい。テーセウスがなぜアリアドネを置去りにしたのかはわからないが、この不思議な形の方はやがて解答が出た。これはロバの小便の跡だ！　つまりロバという行儀の悪い動物は歩きながら排尿を開始する。歩きながらだからその軌跡は当然左右に揺れるが、やがてことが本格的段階に達すると、奴は足を止めて心ゆくまで水という原素（エレメント）が体内を洗って流出する快感を味わい、また歩き出す。それに違いない。この朝ロバの姿はほとんど見かけないが、平地に住む百姓が山の上の町へ行くのにここを通ったのだろう。この発見はぼくを喜ばせた。推理の楽しみはホームズ氏だけに許された特権ではないのだ。

やがて山の上の町に着いたぼくはここで昼食を取ることにした。町の名はメタモルフォシスと言う。変身の意だが、ここではオヴィディウスの書名ではなく教会用語の方だろう。ごく小さな町で、食堂といっても一軒しかない。中は、土地の者らしい若い男が一人ふとった女主人のお喋りの相手をしているだけで、がらんとしていたが、日の燦々と照る庭のテーブルには町の有力者が集って世界の運営について討議を重ねている。朝のミサを終った神父さん、警察署長とその部下（たぶん警察はこの二人から成っているのだろう）、市長、肉屋とパン屋と食料品屋のあるじ、その他長老たち。世界の運営を論じるからには当然酒が必要になってくる。かくて彼等の前には山羊乳のチーズや黒く漬けたオリーブをはじめとする肴（メゼ）がならび、女主人はしばしば呼ばれてウーゾやコニャックのグラスを運ぶ。

昼食にふさわしい料理は何もなかった。ぼくは小さなひらたい銅の鍋で焼いたたまごを二つもらい、それとパンとサラダとチーズ、それにレツィーナの小壜で満足することにした。ここでは外国人も珍しいのだろうか、女主人がいろいろ話しかけてきて、あげくのはてにとんでもないことを尋ねた——

「あんたはフランス人かね？」

あてずっぽうにしてもあまりに見当違いじゃないか。しかし待てよ、この人たちはおそらく日本がどこにあるのか全然知らないのだろう。フランスの隣が日本ということも考えられるし、それならばさほどの見当違いではないことになる。フランスと日本が隣あっている地理学で毎日が無事に過ぎてゆく。そういう場所をアルカディアと呼ぶが、ここは理想郷の意味のみならず実際の地図の上のアルカディアからもさほど遠くはない。

食事を終えて今度は山道を降りにかかった。庭の日だまりの有力者たちはまだ論議を重ねている。一週間分の問題をすべて解決して新しい週をむかえるにはまだ相当量のアルコールが必要なことだろう。山はなかなか急で、低い灌木しかはえないその斜面はおそらく山羊を養うだけだ。道はやがてメタナの半島をすぐ目の前に見て、中に割って入った細い長い入江を見おろしながらゆるゆるとくだる。対岸まではほんの二百メートルしかなく、実際送電線はその入江の上を一またぎしているのだが、人の辿る道でそちらへまわるにはまだ数百メートル行かなくてはならない。自分の足で歩いていると、このような遠まわりはいかにも口惜しかった。ヘルメスのサンダルがほしいところだ。

テーセウスは決して英雄に生れついたわけではない、という考えが頭に浮んだ。彼は膂力人にぬきんでた若者で胆力もそれにおとらなかったかもしれないが、トロイゼンにいた頃の彼はまだ英雄というものではなかった。みずからを英雄にしたてあげるのが彼に与えられた運命だった。おそらくはアテネの父のもとへ行こうと決心して祖父と母を後にのこし、なおかつ危険を承知で海路を棄てて陸路を取ったその決断のあたりから、彼は英雄の資質を身の内に養いはじめた。野盗はどれも人間であって怪物ではなかった。退治したうちの唯一の動物クロミオンの牝猪パイアにしても、実はその気性や暮しぶりから猪とあだ名された女賊だったのだという説がある。彼等は兇悪な賊だというだけで別に神通力があったわけでもなく、従って彼を石に変えもしなければ彼の腕の中で変身をくりかえしもしなかった。神々の時代には神々が英雄を作る。しかし歴史時代のはじまりに生れたテーセウスは人間の世界で人間を相手にしながらおのれを英雄にしてゆかなくてはならなかった。トロイゼンからアテネまでの道、わずか数日の行程と数人の盗賊がその後の彼を決定した。道々退治した相手はどれもこれも小者ばかりだったかもしれないが、彼は積極的にその道を選んだのだったし、アテネに着いた時彼はすでにおのが力を信じていた。あとは嫌でも英雄としての人生を進むほかない。マラトンの牝牛もミノタウロスも五十人の従兄弟もアッティカのまつろわぬ町もアマゾンの軍勢も、すべてはトロイゼンからの道の延長上にあった。英雄としての彼はそれらを苦もなく次々に通過していったが、その彼の歩みとまるで呼応するかのごとく英雄の時代は潮が引くように引いていって、この遅れてきた英雄を白々とした歴史の砂浜にとりのこした。彼がスキロスの断崖から突きおとされるという英雄らしからぬ死をむかえたのはそのためだ。トロイゼンからの道は彼を栄光の頂点へ導きはしたもののその先は天上界へは続かず、断崖の途中でとぎれてしまったのではなかったか。

夕刻、ぼくはくたびれはててメタナに到着した。船が来るまでは一時間以上あった。港に面したテーブルについてビールを飲みながら明るい海を見ている。するとそこへ一機のヘリコプターが爆音でほかのすべての静けき音を抹殺し、すさまじい砂塵を巻きあげて着陸した。オリンピック航空のアエロ・タクシーだ。下で待っていた良い服装の小柄な男が乗りこみ、すぐにまたヘリコプターは離陸してアテネの方角へ飛び去った。そのいかにも実業家めいた男が一瞬にして運びさられるさまにはどこか英雄時代めいたものがあった。ジュールス・ダッシンが『フェードラ』の中でヘリコプターを実にうまく使っていたことをぼくは思い出していたのかもしれない。あの中ではラフ・ヴァローネ演ずるところの海運王テーセウスがヘリコプターで自分の島へ帰ってきた。しかし今ぼくの目の前に舞いおりたのはペガサスのようにあの男につかえているのか、それとも鷲のようにあれをさらっていったのだろうか。

ピレウスに戻る連絡船の姿が水平線にぽつんと見えた。

エーゲ海の島々

旅はすべて発見の旅である。

なにかを見つけようという意図なくして旅ははじまらないし、なにかを見出さずには終らない。その予感もなく誰が切符を買うだろうか。

土地は、鎌倉であれ、西表島(いりおもて)であれ、パリであれ、南極大陸であれ、なにかを教えてくれる。もちろんそのためには開いた眼をもって旅をしなくてはならないし、不便をしのび、危険を冒さなくてはならないこともある。それがおもしろくてしかたがなくて、ぼくは数年間やたらに日本から出たり入ったりし、遂にはギリシャに二年半のあいだ住むということまでしてみた。それというのも一番大事なことを教えてくれたのが、このギリシャという国だったからだ。ギリシャはぼくに人間とはなにかを教えた。

人間は世界中どこにでもいるし、彼等から学ぶことはなかなか多い。しかし、どんな土地のどんな風景の中で暮していれば最も本来の姿に近い人間が見られるか、それを知るにはギリシャに行くほかなかった。それも大都会であるアテネは避け、船に乗って海を渡るくらいの労は払わなくてはならない。たとえばエーゲ海の島々、パロス、ナクソス、デロス、サントリニ、等々。

要は風景なのだと思う。これが人を作る。あるいは気象、食物、水の味。エーゲ海の風景は人の精神にとって必要なものしか与えない。木でいえばオリーブと糸杉、松。この土地の賢い太陽は忙しそうに雲間を走りまわったりせず、三月から十月末まで完全に晴れわたった空に堂々と輝きつづける。その光の過剰が影の輪郭を刀で切ったようにくっきりと引く。人々は石の家を石灰で純白に仕上げる。海からの微風がとだえることはない。

山はむしろ荒れて見えるかもしれない。肌は白っぽく乾ききり、木々の緑はそれをすっかりかくすことができない。それでも牧草は羊を養い、雑草は山羊を養い、葡萄は酒となって人の魂を養う。サントリニのような火山性の島が産する酒は、たしかに火山の鋭い味を宿している。

海は、豊穣の押しつけがましさに欠ける点で山々に似ている。うまい魚は稀ではないが、日本近海のような漁獲量を誇る海とは違う。ここでは海はむしろ精神の糧である。栄養過多で黒ずんだ暖流の海ではなく、トルコ石の色を溶かした南洋の珊瑚海でもなく、海以外のものをすべて取り去った極限の海。これが海というものだったかと、人類がはじめて海を見た時の感動を想起させずにはおかない海。

島の人々は実に好もしい顔をしている。彼等の前に立っておのれの顔立ちを恥じずにすむ者は多くはいない。特に男たちがいい。夕刻、くたびれた黒い背広姿で村のキャフェになんとなく集って、コニャックやウーゾを少しずつ飲みながら、まるで、世界の命運がその一枚の札に賭けられているのを知らぬかのようななにげなさで、カード・ゲームに興じる。あるいは双六の賽を振る。明方、漁を終えて戻ってくる小舟の艫に立ってロープをあやつる。二、三十年の後に彼等のような顔を持つには毎日どのような人生を送っていけばいいのだろう？

ある時ある島で、葡萄畑のまん中にたつ農家へとびこんで昼食を乞うたことがあった。ありあわせだよと言って出されたのは、塩味の濃い重いパン、塩をほとんど使っていない自家製の山羊乳チーズ、オリーブの実の塩漬け、かすかに甘く非常に重い葡萄酒、そして最後にたっぷりと蜂蜜をかけたルクマデスというドーナツ風のお菓子。これは美味云々を越える食事だった。食物は身体と心を維持する。食物が与えられるとは、自然がまだおまえの卑小な生の存続を認めているというメッセージだ。一かけのチーズがほとんど宗教的な意味をおびてしまう。一日の重さが肩にのしかかる。

（ぼくはギリシャに関して決して良き報告者ではないだろう。ぼくの眼は讃歎の光に幻惑されていて、客観性など一滴もない。しかも一層悪いことにぼくはそれをむしろ得意に思っている。）

アテネのすぐ隣にピレウスという港があって、島へ渡る船はそこから出ている。東キクラデス航路の船はティノス、ミコノス、パロス、ナクソス、イオスを経て、サントリニまで行く。もしもあなたが本当に幸運な人で、この船旅に一か月をさけるなら、あなたはすっかり別な人間になって、たぶん顔つきもすばらしくなって、ピレウスに戻ってくるだろう。それほどの幸運はのぞめないとしたら一週間でもいい。気のむくままに島を渡りあるいていれば、人生で本当に大事なものとそうでないものを区別する目が養われる。もちろん島にはそれぞれ性格がある。

ティノスはまずもって聖母の島だ。三月二十五日（受胎告知）と八月十五日（聖母被昇天）にはギリシャ中から病気の治癒を祈る人々がこの島の教会に集る。市（いち）が立ち、物売りが右往左往し、人々は騒がしく聖母をことほぐ。病気などとはまるで無縁なこの陽気さにあきれるほかない。

ミコノスは避けた方がいいかもしれない。ここは観光用に整備されすぎ、想像力の貧しい外国人が予想するようなものを表に並べたてているだけに、その奥へ踏みこむのは容易ではないだろう。ただし古代世界に有名なデロス島にはミコノスから渡るしかない。ここは都市国家アテネを中心とするデロス同盟の本拠が一時あったごく小さな島で、今は人は住んでいない。古代の遺跡は規模も大きく、保存もよく、そういうものに興味のある人には大変おもしろいだろう。

ナクソスはこの海域では大きな方に属する島で、神話にもしばしば登場する。クレタ島で王女アリアドネの手引きによって獣人ミノタウロスを倒したテーセウスは彼女を連れてアテネに戻る途中、なぜか恋人であるはずの彼女をナクソスに置去りにした。この不思議な背信を説明しようという試みはいろいろあるが決定的なものは一つもない。この島はまたディオニュソス（バッコス）がはじめて葡萄酒を造った所としても知られている。アリアドネがディオニュソスと結ばれたという説もある。この島へ行ったら、島の北端にあるアポローナという村まで足をのばすとよい。途中の景色がすばらしい。

パロスに行って見るべきは町の美しさだ。街路の伸びかたや広場の作りの均整は、白い石の建築が明るい日の光のもとでどこまで幻想的に美しくなるかを目のあたりに見せてくれる。またこの島はかつては最上質の大理石を産するので有名だった。

イオスは小さな地味な島で、特記するようなことは何もない。だからこそ行くべきかもしれない。ぼくがここで本当に伝えたいのは島ごとの微妙な差や特質ではなく、エーゲ海の島々のすべてがわかちもつあの至福の雰囲気の方なのだから。

サントリニは最も変った島だ。紀元前十五世紀頃に起った火山の大噴火でこの島は西半分を失い、三日月のような形になった。島全体に火山灰が数十メートルの厚さに積っている。そして古代に栄えて、唐突に海中に没して滅びたというアトランティス大陸の伝説が、今この大噴火によって説明されかけている。アクロティリの発掘現場はミノア文明の遺跡として一見に値する。

誰もがエーゲ海の島々に夢中になるわけではない。パリの方がいいという者もいるだろう。しかし本当にここが気に入った連中はこんな風に言うのだ——「人生の任務をすべて果したとき、あそこへ帰ってのんびり暮そう」と。

サントリニ紀行

朝八時半にピレウスを出た船がサントリニに着いたのは夜十一時近かった。百三十海里という距離はさほどでもないのだが、東キクラデスの島々を一つ一つ丁寧に訪れながら南下してゆくと、どうしてもそのくらい時間がかかる。サントリニは諸島の一番南にあり、その先はしばらく島のない開いた海で、ずっと彼方にクレタが東西に細長く、遠いアフリカへの道をさえぎるように、横たわっている。クレタへ行くのには別の船に乗らなくてはならない。

一日ずっと船に乗っていてほとんど人と話をしないのに退屈とは感じなかった。自分が南へむかっているのが嬉しかった。南という方角にはなぜか特別の意味があるように思われる。太陽の南中角を基準とする価値の尺度、南北に延びた一次元的な尺度があって、ぼくの場合はこの単純な尺度の南方の側に軽い祝福が割りふられている。これはもちろんひどく身勝手な個人的な話で、おそらくぼくが、戦争という性急で理不尽な理由から、本来生れるべき場所よりもずっと北に寄った土地で生れたのがいけないのだ。一度強力な磁場の中に置かれた鉄片のように、身の内に方位感がやどってしまう。

通常の人間の世界観において南は最も重視される方位ではないようだ。東を基準にしてはORIENTATIONとか、ΠΡΟΣΑΝΑΤΟΡΙΣΜΟΣ（プロサナトリスモス）という言葉があるのに、南についてそういう言葉はない。もともと人間にとっては東西の軸の方が大事だったのだろうか。ギリシャでは、神殿の入口は常に東にむかって造られる。問題は、事象をその開始の時点で捕えるか、最盛期において見るかという、認識の性癖にあるのかもしれない。東に昇ったばかりの太陽と、天の最も高い位置へ昇りつめた太陽では、どちらが太陽としての資質を十全に発揮しているか。闇を駆逐して朝を告げる日輪か、明るさ、眩しさ、暑さの極値を指示する南の太陽か。どちらを選ぶかで人を二種類に分類することも可能かもしれないと考えた。

いずれにせよ船は南へ走ったし、それは三月とは思われないほど明るい陽光の中への進入だった。運ばれる身としては船の推進器の一回転ごとに僅かずつ日射しが強まるのを喜んでいればいい。これを退屈と呼ぶならばこの退屈はひたすら享受すべき性質のもので、それを通じて旅の精神が整えられる。

サントリニ島は西に大きな湾を抱いて、ほぼ三日の月の形をしている。夜遅く、船はその北端にあるイア港にちょっと寄ってから、三日月に抱かれた静かな湾の中に入った。目指す港は「フィラの梯子」と呼ばれる。島のこちら側、つまり湾に面した西側は海から切り立った絶壁になっていて、どこも三百メートル近い高さがある。船はその絶壁のすぐ下を走った。舳先から斜めに伸びる泡と波の線が船のはるか後方で岸にあたって反射するのが白々と見えた。空はにぎやかな星空で、それに対して絶壁は暗く沈んでいた。岸の上を走る道に沿って明りが点々とならび、空と陸の境界を示している。

船の進む方向を見ると、黒々と立ちはだかる絶壁と暗い海が接するあたりの特に濃厚な闇の一箇所だけが、いくつもの電灯に照らされて、縁日のように明るく輝いていた。そこが港だった。光は陸を飾って、水面にもその反射が揺れ、なお目をこらしてよく見れば、港からうす暗い街灯の列がたどたどしくジグザグに岸の方へ延びているのがかろうじて見てとれる。その上にフィラの村があるはずだった。

船は港に入った。細いロープを投げて繋留索を渡し、回転するキャプスタンにそれを巻きつけて船を岸壁に引きよせる。その日、接岸ごとに何度もくりかえされ何度も立ち会ったこの儀式の最終回が完了した。船体がすべての動きと振動から解放されたところで、人々は船をおりはじめた。その日の朝ピレウスを出た時に花屋の店先のように船全体を埋めつくしていたたくさんの乗客はほとんど途中で降りてしまって、最後のこの港まで来た者は本当に少かった。

港には目ばかりがギラギラした小柄な色の黒い男たちがひしめいて、野蛮な身ぶりをまじえて大声で口々にどなっている。百姓たちが一かせぎしようとロバを連れて集っているのだ。この港は断崖のふもとにあって、上の村までの二キロの道は細く険しく、とても車は通れない。歩いて登るかロバを使うほかなく、歩くには相当の体力と決意がいる。そこで船が着くたびにロバの群が船客を一網打尽にする。

男たちの一人をつかまえて値段の交渉をしたのだが、少々強気で値切りすぎたのだろう（旅のはじめというのはどうもまだ精神がこわばっているから）、一番だめなロバをあてがわれた。まず乗ったとたんにこいつは無礼にも長々と放尿をはじめる。それはもう大変な量で、待てど暮せど終らない。この歓迎放水ないし十三発の礼砲が終っていよいよ歩いてくれることになるわけだが、さっさと歩いてこの夜の義務を終えてしまおうという気持はこのロバには毛頭ないようだった。号令をかけると二、三歩はよろよろと進むのだが、すぐに道のわきへ行って立ちどまり、つまらなそうな顔で黙然としている。横を元気なロバが威勢よく駆けぬけてゆくのを批判的なまなざしで見くだして、悠然たるものだ。いろいろとおだてたり大声を出したり、手段をつくして上の村まで到着するのになんと時間がかかったことか。たしか先頭を切って出発したはずなのに、到着した時は最後になっていた。

しかしその道程は、少し登るたびにほんの僅かずつ微風が強くなり、下の方に煌々と明りをつけて停泊した船が段々に遠く小さく玩具のようになり、港の喧騒が遠ざかって星天が近づき、この島への到着を一歩ずつ着実に感じさせた。登って到着する場所はどこであれ天国の性質を少しだけそなえているようだ。ロバが元気であろうとなかろうと、島へのこの入りかたはなかなかいいものだった。

ホテルは三軒ほどあるが、一番良いホテルは冬のあいだ閉っていて復活祭にならないと開かないし、いずれにしてもそんなに良いところに泊まる気はなかった。この国で第三カテゴリアと呼ばれる木賃宿風のところにするか、あるいはもっと節約して民家に部屋ないし寝台を借りるか。今回は夜も遅いし、一日の航海のあとロバとまで渡りあったので、部屋を探す元気は残っていない。第三カテゴリアとはいってもその十数室のホテルは高層建築だった。なんと四階建てだ。つまり、湾に面した崖にへばりつくような形で建てられているので、厚みは部屋一つ分ながら下へ下へと延びて、数えれば四階ということになる。村の通りに面した玄関と食堂が一番上の階にある。建物はあまり綺麗とは言えないが、パノラマ・ホテルという名のとおり眺めはよかった。西へ延びる二本の岬にかかえられた湾全体が見おろせ、星空は巨大な穹窿となって高くかかり、はるか下の方に今日乗ってきた船の明りが整列した螢のように燦いていた。

島は三日月の形をしていると書いた。その弧の延長のように、あるいはトルコの国旗の中央に輝く星のように、もう一つ細長い小さな島が本島に対してある。そこには人が住んでいるが、本島とこの小さなテラシア島に囲まれた湾の中心にある二つの小島にはおとなしい噴火口があるばかりで人は誰もいない。この奇妙な地形はもちろん尋常の偶然によるものではなく、三千数百年前に起った非常に大規模な火山の爆発の結果である。それまではほぼまるい島だったのが、西半分がふきとばされ、東側だけが弧状に残された。その跡が湾になったわけで、従って湾に面した崖は地質学の教材のようにくっきりと見事な地層を示しているし、一番上には白い火山灰と軽石の層が厚さ二、三十メートルに積っている。

この軽石は島の重要な産物で、採石場では崖のぎりぎりのところまでブルドーザーがあぶなっかしく走りまわっている。それを積みだす港のあたりの海面は一面に軽石でおおわれ、船は極地観測の船が浮氷をかきわけるように、軽石をかきわけて接岸する。後にぼくはスエズ運河を作る時にこの軽石が建材として利用されたという話を聞いた。島全体が火山灰におおわれているから、この島で造られる葡萄酒はシチリアのそれに似た味がする。湾に面した断崖は汀線で終っているわけではなく、そのまま海中へ深くのびていて、この小さな湾がところによっては四百メートル以上の深度を示す。

サントリニ、正式の名称はシーラである。つまり東ローマ帝国の時代以来サントリニと呼ばれていたのに、十九世紀に近代ギリシャが独立した際に、古典時代の栄光ある名を継承するという国家基本方針にのっとって、ここも古典時代のシーラ（古典ギリシャ語で読めばテーラ）に戻った。それでも日常生活ではあいかわらずサントリニと呼ばれ、古代コンプレックスが強いこの国では珍しくもない二重呼称の例の一つになっている。古典期にはこの島はカリステという美称も持っていた。

サントリニの名は聖（サント）イレーネに由来する。彼女はサロニカの乙女で、四世紀のはじめキリスト教関係の書物を持っていたというので捕えられ、裸にされて淫売宿に「展示」された。それでも男たちが手を出そうとせず、また彼女自身最後に与えられた悔悛の機会を拒んだので、結局は処刑された。四月三日を祭日とするこの処女聖者の名がなぜサロニカからはるか離れたこの島に与えられたのかはよくわからないが、いずれにせよこの島の守護聖者は彼女である。

次の朝、ぼくはフィラのバス乗場でパーマー教授夫妻と知りあった。教授はオックスフォードでミノア・ミケーネ文明、なかんずく線文字の解読を研究しているというのだから、このような旅の道づれとしてはもったいないほどだ。最初はおしゃべりな夫人が話しかけてきて、たまたまその日の目的地が同じ場所だったところから一緒に行動することになった。彼女はよく熟したトマトのような小柄なまるい老婦人で、ひどく旅なれた格好をしていた。教授の方は磨きあげた樫の棒を思わせる長身の紳士である。

我々はその日古典期の遺跡を見に行った。遺跡は山の上にあり、ふもとのカマリまでは町からバスで十五分の道のり、あとはジグザグの砂利道を一時間ほど徒歩で登る。ロバをやといましょうかという(正に老婆心からの)提案を鼻でせせら笑っただけあって、このオーストラリア出身の老夫婦はこちらがうんざりするほど健脚だった。特に教授の方はぼくと夫人を後に残してさっさと先へ行き、たちまち見えなくなった。昨夜のロバとは大違いだ。

遺跡は大建築こそないが、比較的保存がよく、規模も大きくておもしろかった。ヘレニズムの末期までは人が住んでいたけれども、ローマ帝国がここに価値を認めなかったので、結局は死都と化した。一人で退屈していた管理人は人身御供を入手したマヤの神官のように嬉しそうに我々につきまとい、ことさら丁寧に一つ一つ説明してくれた。少くともこの遺跡については彼は非常に詳しかったし、教授夫妻にはドイツ語で、ぼくには現代ギリシャ語でするその解説ぶりもなかなか権威があるように響いた。

——この祭壇にこう犠牲獣を置いて、こういう風に首を切ると、血がこの溝をこう流れて、このくぼみにたまるわけです。

——あれはプリアポスの陽根です(と、夫人のいないところですばやく教えてくれる。すると老教授はふりむいて、「おい、きみ、これはプリアポスの陽根だよ」と夫人に大声で伝える)。

——これは太陽と風と月と大地の生成に関する碑銘です(太陽と風と月と大地、なんとエレメンタルな、とぼくは思った)。

——ここが劇場でした。

劇場は丘の斜面がかすかにくぼんで半円状に観客席を配置できる地形のところを選んで造られていた。規模は数百人程度と小さいが、この山頂の町の市民が集るにはこれでちょうど良かったのだろう。まるい石畳の舞台はほぼ原形をとどめて、野草のおいしげった斜面のあちこちに大理石の客席がいくつか残っている。野草はみな花をつけていた。遠方から見ると、そこは単なる緑にしては派手すぎる、はなやかな嬉しげな色合いに見える。近づいて見れば、さまざまな色の小さな花が葉の緑とは違う輝きをこの眩しい織物に添えているのだとわかる。重たげな蜂がその小さな花を一つ一つ調べてまわっていた。

斜面を降りていって椅子の一つに腰をおろしてみる。真正面に青く煙った海が見え、その上を怱々と駆けてゆく神々の軍勢の足元から南風が湧きおこり、風は怠惰な雲に鞭を当てて遠くヘレスポントまで追い立ててゆく。海は動かない。岩の上で眠る大きな獣のように、うつらうつらと背中にあたる暖い光を吸収して、ゆっくり年を刻む日時計の文字盤の冬の側から夏の側に身を移そうと、水がぬるむのを待っていた。この劇場で舞台を見る者は嫌でも海を見ることになる。観客たちははたして海に気を取られることなく芝居の進行に気持を集中できただろうか。

満月の晩ごとにこの劇場に町の全員が集って月光に照りはえる海を何時間も見る。演説をする者もなく、食物を配る奴隷も来ず、ひたすらじっと海を見ている。そうやって頭脳のうちに蓄えた太陰のエーテルでそれから二十八日の間ものごとの判断をくだし、平穏な町を維持する。しかし、そのような東方的な空想を喚起するにはこの土地における太陽の支配力は強すぎ、海もまたそれに反抗して月と手を組むような覇気を持ちあわせてはいない。エーゲ海はいつもおとなしい。海面の下にひそむ人の知力を越えた存在や水平線の先に延びる無限感をよびおこす魔的なものを欠いて、ただ人間をおだてるために用意された女々しい湖まがいの贋の海ではないかという軽蔑に似た気持をぼくは時おり感じた。

海洋学者はこの海が古すぎると言う。水はもう生命を生み出す力を喪失し、この海はいうなれば沙漠になってしまったのだ。この海の前では人は自分の卑小を意識しない。海が果すべくして果し得なかった反人間的な機能を肩がわりするために、あれらの強力な神々が発明されたのではなかったか。この海は未知を擁していない。文明と呼ばれる勝負の最初の一手以前から、すべての駒は一目で見渡せる将棋盤の上に並んでいた。名付けられない島は一つもなく、対岸の都市の一つ一つに必ず親類縁者の誰かが住みついている。アナトリアの山や黒海の北の平原やディナリック・アルプスのむこうから来た荒々しい異民族はたちまちこの地域の穏和な競技規則を身につけ、飼い慣らされた。

ミノア文明のはじまりからたかだか千数百年で東地中海周辺の住民たちはこの桶の中での駒の動きのすべてを試してしまい、あらゆる交渉はかつて行われた作戦の記録の上をそっと指でなぞるだけになった。舞踏の優雅と退屈を伴うそれらの交渉に人々が厭きはてた時、北からアレクサンドロスがやってきて桶の外の世界を垣間見させてくれた。だが人々は立たなかった。ローマ帝国の膝の上にじっと坐っているのが最上の策と見なされた。文明の暖い苗床。甘やかされた子供。滑らかな海にむかって開かれた野外劇場。

管理人がやってきて、そろそろ閉鎖の時間だからと我々を促した。パーマー夫妻は二時に出るその日最後のバスでフィラに帰るべく山を降りてゆき、ぼくは一山こえて聖エリアス修道院にむかうことにした。

三十分後、ぼくは山の中で道に迷って途方に暮れていた。状況は屈辱的だった。ごく簡単にすらすらと辿れるはずの道がどうしてもみつからなくて、同じところをうろうろと三度も往復し、そのたびに山羊でもなければ登りも降りもできないような急斜面に出てしまう。三月の末の太陽は青ガラスの空に懸って強力な光を放ち、額がヒリヒリと痛かった。空気は夏のように乾ききってはいないから水平線はもやの中にかすんで、そのあたりで空と海は互いに溶けあっていた。眼下の村の家々や葡萄畑、道路などはくっきりと見える。日ざしの強さのわりに風景の色が褪せているのも水蒸気のせいだろうか。

遺跡を出てちょっと降りたところ、尾根の鞍部にひろがった小石の多い草地のわきからこの細い道ははじまっていて、そこには「修道院付属博物館、九時——一時、二時——五時」と各国語で書いた立札があり、まるでそこが修道院の敷地の入口であるかのようだった。ところがその博物館への道がぼくにだけはなんとしてもみつからない。はじめはくっきりと道とわかるところを歩いているのだが、次第にそれが涸れた小川の跡のようになり、結局は岩のあいだに消滅してしまう。修道院までは一時間の道のりと聞いたが、その半分をついやした今、ぼくはまだ遺跡を目と鼻の先に見おろす山の中腹にいた。上からくずれてきた白っぽいもろい石がごろごろし、棘の多いくすんだ色の灌木がちょうどそれらの岩と同じ大きさにまるく茂っている中にすわりこんで、ため息をついている。

汗をかいた額に下からあがってくる乾いた風は気持よかった。尾根はまだまだずっと上の方で、下から見上げているせいでもあるのだろうが、傾斜はひどく急に思え、人の通れる道などあるはずがないという気がしてくる。この火山性の島には木が少く、この国ではどこへ行っても目につくオリーブも糸杉もここにはほとんどなかった。この山も埃っぽい灌木ばかりで、岩は乾いて熱かった。こんなところで迷っていると考えるだけで馬鹿らしい。うろうろしている自分を上の方から見下ろして笑っている者がいるような気がしてくる。たぶん上から見れば道のありかは歴然とわかるのだろう。

意を決して立ちあがり、そこは道だとまちがいなく言えるあたりまで戻って、心を落ち着け、あたりを見まわしながらゆっくりと進んだ。このまま歩いてゆけばまた急斜面に出てしまうけれども、その途中のある一点から先は道のように見えて実は道ではなく、本当の道はそこから別の方角に延びている。そう心に念じて行くと、その罠の一点は今度はほどなくみつかった。鋭角に折れて斜めに後の方へ登っている跡がどうやら道のように思われる。だまされてもともというつもりで登ってみる。岩の間を縫ってゆきながらもあまり自信はなかったが、やがて幸いなことにこれが道だというたしかな証拠がみつかった。ロバの糞が落ちていたのだ。

その後はもう迷うこともなく、時おりロバの道しるべを見てそのたびに安心しながら登っていった。傾斜はなかなか急だった。胸郭に充満するにぶい痛みをなるべく無視して、自分をいじめる心地よさを味わいながら、早足で登った。道はやがて松の木立の中に入り、松は強く匂って、呼吸の一回ごとに体内を青く染めるようだった。松林を抜けたところで、眼下に島のこちら側が海岸線に至るまでくっきりと見える台地に出た。すぐ下にカマリの村の家並が山羊乳のチーズを四角く切って転がしたように白く点々と並び、その中に茶色い卵のような教会の円屋根が見わけられた。モザイク状に区切られて鮮緑色から湿った土の色までのさまざまの色合を見せている畑地に雲の影が輪郭も明確に映り、それが風にうながされて速やかに流れていた。その風のせいか音がよく伝ってくる。山羊の鈴の重たげな音、遠く呼びあう人の声。しかし、どう目を凝らして見ても山羊も人もどこにいるのかわからなかった。はるかむこうの海岸の近くに飛行場が細く長く幾何学的にひろがっていた。

大きな岩になかば倚りかかるような格好で腰をかけて下界をながめていると、風にのってとぎれとぎれに人の声が聞えてきた。ふもとからではなく山の上からのようだったし、ふつうに喋っている感じではない。何かを読みあげるような単調な節をつけた低いよく通る男の声だった。ミサの時の朗唱のようだけれども、それにしては修道院はまだずっと上の方だしといぶかしみながら上を見ると、岩のあいだに黒い僧服が見えかくれし、やがてそれが山道を急ぎ足で降りてくる五人の僧だと見わけられた。

彼らはみるみる近づいてきて、ぼくの前を足音もたてずに通りすぎた。そのうち一人が祈禱の文句を唱えていたところを見ると、この行列そのものが一種の儀式なのだろう。彼らは毅然と正面を見て進み、宙に浮いたような滑らかな足どりはこの道によく慣れているのか、長い黒い衣のすそも足にからまるよりは彼らを運ぶしなやかな機構の一部のように思われた。最後を行く一人だけがついでに来たような余裕のある表情だったので、ぼくは「こんにちは」と声をかけてみた。相手は微笑を浮べて同じ挨拶を返した。それでもなお彼らの通過は非現実的で、黒い僧服がたちまち岩のむこうに見えなくなり、声がその後を追って空中に消えてしまうと、彼らが本当にそこを通ったのかどうかわからなくなった。

印象は鮮明なのに現実感がないこの感じは夢の後によく似ている。人数はたしかに五人で、そのうちの一人だけが十六、七の少年僧、あとは規律どおりに髯をのばし、髪をたばねてちいさな辮髪にした壮年ないし老年の僧たちだった。少年は黒い鞄を手にさげており、ほかはそれぞれに大きい丸いパンや真鍮の箱や香炉を手にしていたのだが、祈りをずっと唱えていたのはどの僧だったのだろうか。町の中で見かける僧と違って彼らにはたしかに修道院の雰囲気があり、ぼくは彼らが送っている充実した単調な毎日を思いみることができた。

少年が鞄を持っていたのは神学校に入るかなにかの理由で山を降りるためで、ほかの僧たちは彼を祝福と共に見送ってゆくところなのかもしれない。彼らはこの山にふさわしかった。木々のよくしげった緑濃い山よりも、この涸れた岩だらけの、ところどころの松といじけた灌木しかない山の方が彼らを置く舞台としてはよほど似つかわしい。だからこそ、忽然としたその現れかたや速やかな消えかたも手伝って、彼らは幻影のように映ったのだ。

ともかく修道院へ行かなくてはと思いながらぼくは腰をあげて荷物を肩にかけた。どこか遠い原野の上でヒバリの鳴く鋭い声がとぎれとぎれに聞える。眼下の平野は手で触れられそうに鮮やかに見えた。しばらく行って岩角を曲ると、日の光をあびて輝く修道院の石灰を塗った白い壁が山頂に現れた。

翌日は独立記念日でバスも動かないので、嫌でもフィラにいるほかなかった。午前中は教会で行われた長い長いミサをのぞき、民族衣装を着た子供たちのプロセッションを見物しているだけで終ってしまった。午後は不思議なテラスを崖の途中にみつけて、双眼鏡を片手にそこにすわりこみ、日に当りながらものを考えた。テラスというのは一軒の家の前庭なのだが、どうやらその家は火事にあったらしく、白い石造りの内側だけが真黒になって、焦げた木片がころがっている。テラスの手すりも崩れていて、小指で触れるのも危うい感じだった。

目の前の小さな島々と海は空気遠近法などという北方的なものとは無縁にあくまでくっきりと見えていて、それと崖の中腹という視点のために、強い照明のもとで地形の模型を見ているような気持になる。自分がものすごく大きくなったようだ。海面から崖のこの場所までの高さがそのまま自分の身長になる。

三千数百年前、この島には高度の文明が存在した。火山の爆発で島の姿が一変するまで、ここはクレタのクノッソスを太陽とする文明系の内惑星の一つだった。これは知識としてぼくの頭の中にある。それと実際にぼくの網膜に今映っているこの島とはいったいどう関りあうのか。過去とは、それも一人の人間の生涯を越えた遠い過去とは、何なのか。例えば三千数百年という数字。単に年表の上にこの噴火という事件を正しく配置するための住所としてではなく、ことの起った時までの長い距離をぼくは本当に認識できるのだろうか。サントリニに限らず、およそぼくというものが生れる以前、あるいはものごころつく前に起った(と伝えられる)すべての事件について、それ以来の時の長さを知ることははたして可能なのか。

時を数字で表現するというのがまず問題だ。確かに我々は年という単位を持っている。年の数で時の長さは測れることになっている。しかし本当は三千年は人間にとって例えば三十年とはまったく別のもの、時間という同じ名称でくくることをはばかるほど異なったものなのだ。数字という便法にだまされてはいけない。人間は量を把握するのに数字を用いるが、それは三つの方法の巧みな使いわけで、それを忘れるほど我々はそれに慣れてしまっている。少い量ならば我々は一から出発して加算的に認識する。もう少し大きい数字を扱うには頭は乗算的に働く。非常に大きな数字は対数的にしか捕えようがない。この三つは自動的にまったく無意識に使いわけられているが、内容はずいぶん違うはずだ。

数字の桁が一つ増すことは乗算的対数的にはなんでもないことだが、加算的には、つまり我々の日常生活の感覚に最も忠実な意味では、ものが十倍に増えるというのは大変なことではないか。十倍という表現そのものが乗算的である。重い荷を持って友人の家まで行き、また戻ってくる。同じ重さの荷を持ってまた行ってまた戻り、行って戻り、行って戻り、行って戻り、行って戻り、行って戻り、行って戻り、もう一度行って戻る。三回目には美人とすれ違い、七回目には犬に吠えられ、八回目には雨に降られた。これが十倍ないし十回という言葉の意味で、これでやっと十という数字がわかったことになる。

ある時、二人の未開人がゲームを考案した。ルールは極く簡単で、相手より大きな数字を考えついた方が勝ちである。一人がしばらく考えてから口を開いた、「四つ」。もう一人は長いあいだ考えこんでいたが、やがて言った、「おまえの勝ちだ」。この話は笑い話ということになっているが、実は我々の頭だって便法を知っているだけのことで、この二人より賢いわけではあるまい。ゲームを考案するのには単に計算をするのよりずっと高度の創造性が必要だ。彼らの真の知性を理解しなくてはいけない。

そこで三千数百年。乗法や対数でわかったつもりになるのではなく、本当にこの歳月の長さを知るにはどうすれば良いか。仮にぼくがその古い古い時代に生れあわせて、不死の生命を得、現代まで生きのびたとする。ボーヴォワールの小説『人はすべて死す』の主人公のように、ぼくはどの時代にも友人を得たはずで、その友人知人の間には当然血縁その他による順序があり、たぶんぼくはこの百数十世代にわたる連鎖の環の一つ一つを個人として次々に思いうかべてゆくことによって、どうにかこの長い時の流れをつかめる。こんな方法では細部ばかりが強調されるから全体の構図を意識しつつ系図をたどるのは容易ではないだろうが、これによらなくては一人の人生を越える時間の長さはわからない。

古代文学が一様に系図を扱うのは、時間というなんとも捕えようのないものを前にして作者が苦心した結果なのだろう。歴史家でさえも、政治史宮廷史に傾きすぎることを承知しながら、一人一人の王の治世を環とする鎖を想定しなくては筆が進められない。暦の過去ではなく人間たちの過去を捕えるにはこれが唯一の方法なのである。

しかし、崖の途中のテラスで日なたぼっこをしている贋詩人にはそんな正統的な立派なやりかたはできない。彼はギリシャの通史を書くわけではない。彼はただ東地中海の各地をうろつき、時代から時代をでたらめに飛びまわり、雑然とした勝手な思いをつづるだけだ。遠い昔から連綿と続き、もつれ、からまった長い歴史を持つこの地域を旅する者は、嫌でも時間の触手にからみつかれる。がんじがらめにされる。この地にあって旅は常に「過去は現在である」という美術館長アンドレ・マルローの逆説の実行になるほかない。

ではいっそ時の長さを意識するのをやめてしまおう。杭を何本か打つだけでそれに囲まれた土地が自分のものになるなどとは思うまい。広大な壁画の破片が少しでも手に取って見られればそれを僥倖としよう。その破片とて重要な人物の頭の部分などではなく、ただ青く塗っただけの漆喰のかけらで、海か空かもわからないかもしれない。それぐらいの心づもりで行くことにしよう。もしもそれができるならば。

それにしても三千年というのはおそろしい数字である。サントリニの噴火について紀元前一千五百年前後（おそらくは二十年以下の誤差）という数字が得られたのは、炭素の放射性同位元素の測定というまさに対数的なものさしを用いた結果であった。人々の記憶にとどめられた年月を遡るという加算法によってではなかった。すでに紀元前七世紀、つまり現代までの距離のわずか五分の一のところで、記憶はほとんど消えうせていた。少くともギリシャ人はそれについてもう何も知らなかった。それをかろうじて憶えていたのは記憶の管理と維持を専門にするエジプトの神官たちで、そこでも火はなかば消えかけ、灰に埋まった燠は新しい燃料と火床を必要としていた。幸いに火はギリシャの一賢人に手渡され、二百年以上後に一哲学者によって文章化され、現代まで細々と燃えつづけたが、それもさまざまの口碑や偽伝や空想の中にまぎれこんでの話で、科学的な証拠と出会ってこの噴火の歴史的な意味がほぼ明らかになったのはここ何十年のことである。伝説としてこの記憶はアトランティスと呼ばれた。

プラトンの二つの作品、『ティマエウス』と『クリティアス』の中で我々はアトランティスについて知ることができる。かいつまんで内容を記せば、ことはまず立法者ソロンのエジプト行きにかかわる。「七賢人の中でもっとも賢い」ソロンはアテネの貴族階級と平民のあいだの争いを原理的に解決し、後のアテネ民主主義の基礎となるいくつかの法を作ると、すぐに十年の予定で海外に出た。立法者がいない方が法は定着するだろうという賢明な判断によるものだった。彼がリュディアのクロイソス王に会ったとヘロドトスが伝えるのもこの旅行中のことである。

以下『ティマエウス』によれば、彼はこの旅の途中でエジプトに行った。そして当時のエジプトの行政中心地だったサイースで、女神ネイトにつかえる神官からこう言われる、「ソロンよ、ソロン、汝等ヘラスの民はまだほんの子供に過ぎぬ。汝等のうちに老いたる者は一人もいない」。言葉の真意はこうだ、アテネは今たしかに隆盛の一途を辿ってはいるが、その歴史はエジプトに較べればとるに足らず、過去に関する知識も無いに等しい。こう言って神官は例を引く。たとえば今のヘラスの民はアトランティスのことを全然知らない。これは八千年前（紀元前八十七世紀、またも大きな数字！）にヘラクレスの柱のむこうにあった大きな島で、そこには強力な国家が君臨し、地中海圏の多くの町や島を支配していた。この大国は軍事的技術と勇猛の点でほかのすべてに卓越していた。反抗する者は速やかに征服され、従う者は寛大と自由を享受した。一方、古きアテネも立派な国で、小さいながらによくアトランティスに対抗し、ついにはその横暴を懲らしめるために、他国と協力してアトランティスの都に攻めのぼった。いよいよ決戦という時、恐しい地震と大洪水がおこり、アトランティスの国とその住民は一昼夜のうちに海中に没してしまった。

この話を老いた神官から聞いて感心したソロンは詳しいメモを取って後にアテネへ持ちかえった。これをもとに大がかりな叙事詩を書くつもりだったと言われるが、これは実現しなかった。しかし彼はこの伝説をドロピデスに話し、それがクリティアスに伝えられ、彼は息子（やはりクリティアスとよばれる）に語りつぎ、この息子クリティアスが従弟にあたるプラトンに話した。あるいはプラトンはソロンのメモの実物を入手していたかもしれない。彼の晩年の作品『クリティアス』の方にはアトランティスの帝国について、その起原、首都の不思議な地理、宗教、慣習などのより精密な記述がある。残念なことにプラトンはこの作品の執筆を途中で断念してしまった。

アトランティスがある程度の歴史的根拠を持っていたか、あるいはプラトンの創作にすぎないのか、古代から説は二つに分かれていた。アリストテレスはこれを詩的想像力の産物とした。当時の文学には、後の言葉でいうところの、「ユートピア」に託してモラルを語ったものが少くない。プラトンも同じことを構想し、その文学的任務が終ったところで島を海に沈めることにしたのだという。逆に、紀元前四世紀に『ティマエウス』の編纂をはじめてやったクラントールは、プラトンのアトランティスを一字一句に至るまで歴史的事実だと考えた。以後アトランティス論争という強い磁場がこの二つの極のあいだに形成され、多くの人々の関心を惹きつけ、現在までに二千冊の本と二万の論文が書かれたという。事実説を取る人々は大西洋の真中に本当に沈んだ島を考えたり、メキシコやインカ帝国からセイロンに至るあらゆる土地にこの伝説をあてはめ、痕跡を探した。しかし、どちらの説を取るにしても具体的な証拠がなければ議論は空転するばかりで、今世紀初頭までは事実そのような状態が続いた。

十九世紀の最後の年にイギリスの考古学者アーサー・エヴァンスは、クレタ島のイラクリオンから数キロ南に入った小さな丘で発掘を試みた。収穫は少くなかった。一、二年の予定ではじめられた作業は四半世紀をすぎてもまだ終らなかった。彼が掘り出したのは単なる遺跡ではなく、一つの大きな文明そのものだった。ほとんど防御ということを考えていない広大な館、雄牛を相手の曲芸と祭儀、海の生物をモティーフにした陶器、等々を特徴とするこの文明は、テーセウスの遠征の神話にちなんでミノア文明、すなわちミノス王の文明と呼ばれることになった。クノッソスとアトランティスの都の間の類似を指摘する意見もある。

もちろんこれだけでアトランティス伝説がすっかり解明されたと言うことはできない。たとえば、プラトンの内容のうちこの島がヘラクレスの柱すなわちジブラルタルの向うにあったという点と、八千年前に栄えたという点は少くとも捨てなくてはならない。しかしこの二点は、現在から数えて一万年以上前に青銅器文明があったはずはなく、またそのような近い過去に大きな島が沈むというような地殻変動が大西洋であったことを現代の地質学が否定する以上、いずれにしても捨てなくてはならないのだ。必要なのはテクストを新しく解釈してそれを証拠で裏づけることとである。

一九三九年、ギリシャの少壮考古学者スピリドン・マリナトスは『クレタ島ミノア文明の火山による潰滅』という論文をイギリスの専門誌に発表した。ミノア文明はいくつもの謎の後方に屹立しているが、その中でも一番大きな謎はそのあまりに唐突な消滅である。数百年間安定して存続した高度の文明がなぜ前十六世紀あたりに忽然と消えうせ、本土のミケーネやティリンス、ピロス等に残るミケーネ文明に東地中海の覇権を譲ってしまったのか。他民族の侵攻や内患ではこの終焉の速やかさを充分に説明できない。そこで非常に大がかりな自然災害という説が有力になってきた。マリナトス教授の論文はこれを具体化して、クレタの北百キロあまりのところにあるサントリニ島の火山の噴火をその原因とするものだ。

火山の噴火にそれほどの力があることを知るために、たとえば我々は一八八三年のクラカトアの爆発を見ることができる。クラカトアはジャワとスマトラのあいだのスンダ海峡にある小さな島だが、この時の爆発の規模は大変なものだった。直径数キロほどの島の大半が消滅し、十五立方キロメートルの土砂が吹き飛ばされ、その轟音は三千五百キロはなれたオーストラリアのアリス・スプリングスやフィリピンまでも聞え、風下側では三千キロ離れたところでさえ火山灰が降った。その年の冬はアメリカでもヨーロッパでも成層圏に舞い上がった火山灰のためにすばらしい夕焼けが見られた。噴火に伴って津波が発生し、スンダ海峡沿いの多くの町や村が潰滅し、三万六千三百八十人が死んだ。七十キロはなれたテロク・ベトンの港では、もやってあった砲艦ベルゥ号が津波のために三キロメートルも内陸へ運ばれ、野原の真中に「座礁」した。津波は英仏海峡の検潮儀にまで記録を残した。

クラカトアとサントリニは火山としての性質がよく似ている。もしもミノア文明の隆盛期にサントリニが大規模な爆発を起したら、それがその文明を速やかに潰滅に導くほどの結果を生むことは充分に考えられる。クレタとサントリニは百キロしか離れておらず、しかもクノッソスはクレタ島の北側、すなわちサントリニ側の岸にならんだ町と港によって支えられていた。山の多い島に起ったこの文明は後背地というものをほとんど持たず、富の多くを船と貿易に依っていた。従って津波によってこれらの港と船が破壊されることは、経済的基盤をほとんど奪われることを意味するわけで、その打撃はまさに致命的であったろう。それに、僅かの農地は火山灰の降下によって全滅し、数十年間は草一本生えなかったに違いない。その上に人命の損失がある。

マリナトス教授の論文を掲載するにあたって編集スタッフは「本論文の主旨は適当な場所において実行される発掘によって裏付けられるべきである。近い将来発掘が実際に行われることを我々は希望する」と付した。しかし戦争とそれに続く混乱のために発掘はなかなか行われず、教授がシャベルを手にすることができたのは論文発表から三十年近くを経てのことだった。

そのしばらく前、一九四〇年代後半と一九五六年の二度にわたってクレタ島を中心とする広い海域で海底調査が行われ、コア・サンプリングによって青銅器時代の層に相当量の火山灰がみつかった。火山灰はカルパトス島の近くでは二メートルを記録し、七百キロ離れたキプロス近海でさえ、一・五センチの厚みがあった。火山灰の分布は当然ながら噴火の際の風向きに影響され、それを調べることによって噴火の起ったのが夏のさかりであったことまで明らかになった。およそこの時期にサントリニ火山の大規模な噴火があったことはかくて証明された。そのすさまじさは今見る島の形と、島ならびに海の中に積った火山灰の量からもうかがい知ることができる。

一九六七年、マリナトス教授はサントリニ島の南端でいよいよ本格的な発掘を開始した。それは湾にではなく南の外海の方に面したアクロティリという村の下、海岸からわずか数メートルのところで、ここが選ばれたのはもとの地表の上に積った火山灰の層が比較的うすいというもっぱら技術的理由によるものだった。実際の話、崩れやすい火山灰と軽石を三十メートルも掘りさげてから精密な発掘をすることは不可能に近い。そのような実際的な理由で選ばれたにもかかわらず、アクロティリは重要な遺跡であることが次第に明らかになった。

おそらくクレタからの船が着く港であったこの町から、崩壊した二階ないし三階建ての建物や街路の跡、多くの壺や壁画が発見された。なおかつ興味ぶかいのは火山活動が激しくなるにつれて人々がここから逃げ出していったようすがこの遺跡からうかがえる点である。おそらくはじめのうちは地震や地鳴りが人々を不安にし、やがて降灰がひどくなり、火山弾が落下し、次第に人の住めるところではなくなっていったのだろう。最終的な大噴火の時には人はもういなかったはずで、そのためか人骨は出てこない。時に考古学者に対してきわめて協力的な火山活動も、ここではポンペイの場合のように人々を不意に襲うことはしなかった。それでも比較的小さな運びやすい日用品もいくらかは出てくるところを見ると、やはり避難はあわただしく行われたのだろうか。

同じく一九六七年、フィラの採石場から立木のまま灰に埋った木が発見され、放射性炭素による測定からこの木が紀元前五千五百年前後までは炭酸ガスを呼吸していた、つまり生きていたことが明らかになった。かくてサントリニの噴火は正確な絶対的年代を得た。

アトランティスが証明されたとはまだ言えない。そういう言いかたができる日はいつまで待っても来ないかもしれない。詩人にはたとえ事実から出発する場合でもそれに好きなだけの空想を加える権利がある。事実と空想を峻別するのは容易ではないし、時にはその試みにはまったく意味がない。事実の裏付けがあってもなくても、プラトンのアトランティスの「文学的」価値はたぶん変らないだろう。この国がプラトンの二作品の中で無何有郷としての機能をはたしている以上、文学を離れて考古学や歴史の問題としてこれを考えるのが見当違いなのかもしれない。学者たちよりもむしろ素人がこれに夢中になり、所在を論じ、思いつきのかぎりを論文と称して発表しつづけたのもそのためである。マリナトス教授にしたところで別にアトランティスを証明するためにアクロティリの発掘を行ったわけではなく、ミノア文明の遺跡の一つを明るみに出し、この文明の消滅の謎を解くことの方が目的だった。

サントリニの大噴火がミノア文明潰滅の原因だったという点はたぶんもう証明できたと言ってよいのだろう。アトランティスはしかしまた別の問題、おそらくは机上のパズルに似た知的推理の試み、に属する。

断崖の途中にきざまれた小さなテラスで日なたぼっこをしながら贋詩人は考える――それにしてもこの百年、考古学はあまりに多くを、あまりに重要な示唆を、文学に負ってきた。古代文学の空想にはなにか節度といったものがあり、その出発点にはいつも事実の核がある。それは金平糖の中心に小さな罌粟(けし)の実があるようなもので、この核自体は何の味もなく人はそれに気付きもしないのが普通だが、それでもこれなくしては金平糖のあの形はできない。

シュリーマンは詩人が書いたとおりのトロイとミケーネを見つけたし、テーセウスが牛の怪物を殺した迷宮はエヴァンスによって掘りだされ、テーレマコスが父の消息を求めて訪れたネストールの館は本当にピロスにあった。あるいはオルコメノス、あるいはイタケー。トロイ戦争は、美女をめぐる戦いではなく、おそらくは黒海沿岸との貿易権といった経済的な理由が原因だっただろうが、歴史的事実だった。同じことがプラトンの記述についても、いやむしろサイースの老いた神官の言葉について、言えないだろうか。

だが、西日を真正面に受ける焼跡のテラスはあまりに暑く、贋詩人の頭は強い日射しと動くもの一つないダリの絵のような風景の構図の中に論理の糸を見失いはじめた。これはあまりに遠い昔の話だ。アトランティスはトロイ戦争より古い。いったいどんな視力をもつものがそんな遠方のもやの中にかかる楼閣を見、それが幻影か実物かを判じ得よう。遠方は人を酔わせる。はじめ励起された贋詩人の頭は今酔って眠くなった。もう宿に戻って小さな寝床に伏すほかはない。明日、彼はアトランティスを訪れるだろう。遠いアトランティスの前哨基地の一つを。

――本日のわれわれの作戦はつまり大成功だったわけだ。

翌日の昼すぎ、ぼくはアクロティリのある民家でパーマー夫妻と昼食を共にしながら、教授が上機嫌でそう言うのを聞いていた。食事は簡素ながら充実し、食物のすべてがギリシャ神話のようにエレメンタルだった。まだ葡萄そのものの味の残っている自家製の葡萄酒はおそろしく強く、速やかに心地よく人を酔わせた。発掘の現場を見られたことだけでなく、三人がそれぞれに重要な役割を果したこともこの共同作戦の成功を愉快なものにしていた。

発掘作業は今は中断されていて、金網でかこった現場には管理人が二人いるだけだった。ここが公式には閉鎖ということになっていて、アテネのしかるべき機関が発行する許可書を持たずに行っても入れてもらえないことは最初からわかっていた。オックスフォードの考古学の教授というパーマー氏の肩書と、彼がマリナトス教授の友人であったという事実、それにぼくの頼りない現代ギリシャ語の交渉能力を武器にしてなんとか現場へ入ろうというのが三人の作戦だった。これだけで門が開かなかった時、パーマー夫人が「この人たちにいくらか払ったらどうかしら」と、非常に実際的で、不道徳で、しかも効果的な提案をした。ぼくがおそるおそる切り出してみると、門は贈賄者たちの前に音もなく開かれ、工場のように鉄骨を組んで屋根をかぶせた広大な発掘現場へとわれわれは招じ入れられた。

二、三百メートル四方の土地が掘りかえされ、三千数百年前の町がほぼ全容をあらわしている。建物は石造りで、中には三階建てだったろうと推定されるものもあるが、火山灰の重みと、梁に使われた木材があるいは焼けあるいは朽ちたために、三階の高さを保っている建物はなかった。階段があることから平屋ではないと推定し、散乱した石材の位置から崩れる前の姿を想像する。まだ発掘の途中なので大きな壺が腰のあたりまで淡黄色の土に埋ったまま放置されていたりする。

考古学的な遺跡の発掘はいまだに人間の筋力の作業である。現場の一隅には土を運ぶための手押車がたくさん並んでいる。方法は、少くとも遺物の出てくる層に達した後には、百年前と少しも変っていない。シャベルとつるはし、園芸用の鏝、パレット・ナイフ、ブラシ、ピンセット。そして厖大な量のメモ。変ったのは写真が重要な役割を果すことになった点だけだろう。それから人夫と学者自身のほかに学生たちが作業を手伝うようになったこと。シュリーマンは人夫を扱うのにずいぶん苦労している。ミケーネでいよいよ黄金の品が出土しはじめた時には、彼は自分の誕生日だと嘘をついてその日を休日にし、残りの作業を夫人と二人だけでこっそりと行った。今では学生たちが動員され、考古学がほかの学問と同じように頭脳よりも筋肉、発想よりも発汗に依存するものだと思い知らされ、後悔のほぞを噛む。

この遺跡が原寸大だということがぼくにはおもしろかった。ここにかつて住んでいた男が歩いたと同じ歩数だけ歩けば、例えば市の立つ広場からその男の家へ行くことができる。あるいは路面に立ってちょうど肘をつける高さに窓のかまちがあって、いかにも路上の男と家の中の女の立ち話に便利なようだ。建物はどれもずいぶん小さい。街路も細い。そのためにこのこぢんまりした町はひどく落着いた住みよい場所のように思われた。ミノア人は一般に小柄だったが、それにしてもここは子供の町のようだ。小さな部屋がたくさん並んで、壁に長いスカートをはいて耳飾りをつけた女の壁画があった建物について、管理人がぼくだけに小声で説明してくれた。

——なに？　と夫人がたずねた。

——ええ（とぼくは考える。婉曲な言葉を英語でみつけなくてはならない）ええ、つまりですね、悪い評判の家というやつですよ。もちろん推定ですが。

――ああ、淫売宿ね。

壁画の重要なものはアテネの博物館に運ばれ、修復の上、公開されていて、ぼくもサントリニに来る前に二日ほど通ってながめてきたのだが、その印象をここの家々の壁画に重ねあわせてみると、それらが日用の芸術だったということがよくわかった。

両手に大きな魚をぶらさげて立っている漁師の少年、百合が咲き燕が飛ぶ春の野原、派手な模様のある壺にいけられた赤い百合、岩の上を飛び回る青い猿の群、四角い盾を持ち長い槍をかまえた兵士たち、花々や鵞鳥や大きな犬やカモシカを岸辺に配して流れる曲がりくねった楽しげな川、細い舳先が美しい曲線を描いて空の方へはねあがっている優雅な船とその上の人々。

漆喰の上に描かれたこれらの絵の前で食事をしたり人を招いたり交わったりしていたこの町の住民たちの上に心を通わせることは容易だとぼくが感じたのは、絵の魅力に反応することにおいてぼくと彼らが同じだからだろうか。学者たちがこの絵の由来を明らかにするためにさまざまの手の込んだ方法によって調べあげた年代や系統や技法、そのための推理と知的操作はそれ自体おもしろいものだが、絵そのものを前にした時にはそれらははるか遠くにあって、絵はそのような分析的な見かたを容れなかった。発掘現場の一週に置かれてまだ土のこびりついている大きな壺の章魚の図柄にぼくは惹かれたが、そうして対峙しているかぎり三千数百年という時の量はまったく問題ではなくなり、もしそれが三年前に作られたのであったとしてもやはりぼくはその壺の表面全体にひろがってその外まで溢れようとしている元気な章魚を欲しいと思ったことだろう。実を言えば事情はさほど簡単ではなく、現代という時代がそのような壺を決して作り出さないことをぼくは一方ではよく知っていて、その意味では壺は決して歴史と無縁なところにはいられないわけだった。しかし、絵と自分だけが向きあっているこの場ではぼくは年代を忘れていられる。たしかに眼前にあってこの過去は現在であった。

この町に住む誰かがたまたま金を手に入れたことがあって、それで家を飾ろうと思い立ち、職人を呼んで壁に絵を描かせた。それはどの時代の誰もがなしえたことだ。人は絵を愛でる動物である。これほど遠い昔に描かれた絵がまだ人を動かすことに驚くべきだろうか。あるいは美の感覚はたかが三千数百年で変化するにはあまりに基本的な人間の資質であるのか。この町から発見されたカモシカの壁画はアルタミラやラスコーの絵を思わせ、そうなるとここで考えなくてはならない年代はまた大幅に増すことになる。それよりは年代のことなど忘れてしまった方が賢明かもしれない。人は変っていない、変ったように見えるのは表面の染まりやすい部分だけで、絵のような重要な本質的なことに対する姿勢はぜんぜん変っていない、少くともここではそう幸福に言いきることができる。

先ほど食卓を用意してくれたこの家の娘が、また皿を持ってあらわれた。

——おや、ルクマデスじゃないか、とぼくはその皿の上のギリシャ式ドーナツを見て言った。普通は蜂蜜で食べるのだが、ここでは葡萄のジャムが添えてある。気の弱そうなその十二、三の娘はにっと笑って、部屋の外に顔を出し、そこにいる母親にむかってどなった、

——お母さん、この人、ルクマデスを知っているよ！

これで食事は完全なものになった。塩味の濃いパンと、逆に非常に味の薄い、搾った布の目のついている山羊乳のチーズ、ふぞろいで不器量なオリーブ、トマトと胡瓜のサラダ、葡萄酒と水。人間の食物としてこれほど基本的でしかも必要充分な組合せはない。これに羊の肉がつけば申しぶんのない正餐になる。トマトを別にすればすべてここで人が何千年来食べていたものだ。年を越えて変らないものをもう一つ見つけて、ぼくはまた安心した。変化を追うこともできるし、変化しない物に身をよせて暮すこともできる。そして全体は人が思うほど変化していない、と言っておこうか。

太陽はまだ空の三分の二を回ったに過ぎなかったが、その時間に立ちあがらないと戻りのバスに間にあわない。そしてバスに乗りおくれると三時間歩かなくてはならないばかりか、パーマー夫妻は夕刻出発する船を逃すことになる。葡萄酒の最後の一滴を惜しげに飲みおえて、我々は強い日射しの中へ出た。先ほどの娘がこちらをむいてまたにっと笑った。

都市の星座　彷徨的地中海案内

世界の各地はそれぞれに人間の多様性を教えるが、地中海圏は人間の定義を与える。この単純で明解な認識に至るためにぼくはひとまず地中海を離れなくてはならなかった。事態の渦中にある者になかなかその全容が見てとれないように、地中海のほとりに住んでいるかぎりあの眩暈から逃れることはむずかしい。見るべきものが多すぎるという観光旅行者のなげきを越えて、日々肌に受ける風を正しく感じとるのにさえ忙しかった。至福は反省をうながさない。見えるものを分析することはまったく無意味に思われたし、働かせるべきは知性ではなくて感性であった。

人間にとっての地中海の意味を論理的に解きあかすことはできない。それはこの海辺に住む者の精神にゆっくりと析出してくるのだ。インドにおけるように疑問ばかりが先行することはないし、日本にいる時のように自然の細かな変化を前にうつつをぬかすこともない。そして一歩離れた時、人は自分の精神におよぼされた決定的な地中海の影響、刻印とも呼ぶべきものに気付いて、人間の定義に思い至る。ぼくの場合に人間の定義を教えたのが地中海だったということではない。各自がそれぞれの主観と嗜好に合わせて人間を定義する土地を選ぶわけではない。この表現の対象となり得る土地は地中海圏以外にはないのだ。つまり、人間の定義というような発想そのものが本来地中海的なのである。フランスのモラリスト達はどこかに地中海のしるしを残している。サン＝テグジュペリの一見禁欲的な空と沙漠は最後に彼がそこに死ぬことになったこの海の性質を多分に溶かしこんでいる。今日の文化の主流がいささか北方的に過ぎるという反省が人を地中海におもむかせるのではなく、それと知らずに地中海に行った時にその事実に気付くのだ。律義で勤勉なプロテスタント達にばかり発言を許しておくと文化に陽光が不足する。向日性は人間の精神にとってなかなか重要な資質であったはずである。

しかし、まず少しは論理的なものの考えかたをしてみよう。なぜ他の諸地域をさしおいて地中海なのか。十八世紀以降の世界で西欧がほぼ一貫して支配的な地位を占めてきたことは認めざるを得ないだろうが、それも地中海圏の広く深い文化史的遺産の前では一つの反歌のように思われる。この独断をしばらく維持しよう。地中海圏は人間と文化にとって都合のよい条件をととのえ、発展的な史観を一時借りて語るとすれば一種の苗床のような機能を果したと言えるが、その後苗が移植された先の環境ははるかにきびしかった。実験はその段階において失敗したのではなかったか。人類全体をおおうには西欧の哲学はいささか延展性に欠けているようだ。

地中海があまりに幸運だったのかもしれない。その理由の第一として、この地域では気候が比較的均質で安定しているということがある。海にはもともと蓄熱器として気候の地域的かつ時間的な変化を緩和する働きがあるが、地中海の場合はこの海が閉じているが故にその機能が十全に発揮される。気候や風景は人間の性格を形成するに最も大きな影響をおよぼす要素で、この点を無視してはいかなる風土論も成立しない。地中海では、本来さまざまな資質を有する多くの種族民族がそのほとりへやってきて、風景によって形を整えられ、一種の精錬の過程を経て、相互の間に精神的な互換性を生じ、交渉の効果を深める。かくてその民族の出自のいかんにかかわらず、確かに地中海的精神というものがそこに宿ることになる。今日のギリシャ人と古代のギリシャ人の間にどれだけ遺伝子の共通性があるかという議論はしばしば聞かれるが、ことはそんな生物学のフィールドにはない。あの土地に住んで葡萄酒とオリーブ油と山羊乳のチーズを食していれば人はギリシャ人にならざるを得ない。時間を越える例をあげれば、アリストパネスの書いた人々が今もアテネには住んでいるのだし、あの国の議会の運営にさえそのような雰囲気はある。そしてまた空間的には、ギリシャ国立劇場が演ずるロルカの芝居はスペインとギリシャが共有する地中海的性格ゆえに極めて質の高いおもしろいものとなる。

それに対してこの世界全体は気候風土においてあまりに多種多様であり、そこに散在する無数のメンタリティーを一つの哲学で統べるのはもともと不可能だった。人間はまことに、天候の数だけの精神をもつ。霧のロンドンの植民省の中にいる官吏にどうしてインドの暑さとそれによる焼きなまし処理を受けた人々の考えが理解できるだろう。同じようにワシントンとサイゴンも距離ではなく気候と風景においてあまりに遠く離れ、理解を越えていた。

幸運の第二の点として地中海の位置と形があげられる。『ローマ帝国衰亡史』の巻頭にギボンが「ローマ帝国は、クリスト紀元第二紀には、地球上の最善美の部分と人類中の最開化の部分を包括していた」と書く時、もう少し広く世界を見られる立場にある今日の我々はいくつかの異議をはさみたくなるにしても、十八世紀西欧の文人歴史家の眼に映った像がその制約の範囲内で十分正確であったことは認めざるを得ない。そしてここに言う最善美の部分とはすなわち地中海である。たとえその版図がガリアなどにおいて相当地中海から離れていても、それはローマ帝国の沿岸的性格をかえって強調こそすれ、決して否定するものではないだろう。北緯三〇度から四五度という位置は現代でこそいささか人を怠惰に流すかもしれないが、当時としては人間の知力を引き出すのに最適の気候を提供していた。そしてまたこの海が南北よりも東西にひろがっていることは、多くの民族の交渉の舞台としての機能をおおいにたかめたし、先に述べた気候と風土の均質を作り出す要件でもあった。今日テル・アヴィヴの近郊からアンダルシアまでこの海の両岸ほとんどの地域でオリーブと葡萄の栽培がさかんに行われていることは気候の均質性を証明している。縦に長い海ではこうはいかない。気候風土が同じようであれば植民が容易になる。多くの植民都市を擁したメトロポリスとしてのアテネがかくして成立した。

またこの海に点在する多くの島々や突出するいくつもの半島、抱きこまれる湾などは地勢を複雑にし、風光のヴァリエテをある範囲内で増し、航海にも便宜を供した。冬の一時期をのぞけば海況は比較的おだやかで、古代の技術水準をもってしてもこの海を渡る船を造ることはさほどむずかしくなかった。例えばビスケイ湾が航海者にとって相当の難所であり、今日でさえこの湾を縦断するヨット・レースでしばしば遭難が伝えられるのとは、同じヨーロッパの沿岸でもおおいに異なる。イベリア半島をまわって地中海とバルト海が海運によって結ばれるのは十六世紀のことであり、それは必然的に完結した地中海世界の解消とヴェネツィアのような海運国家の経済的凋落を誘発した。

完結した地中海世界の存在はこの地域に住む人々に当然「世界」の概念を与えた。ある程度ひろがって航海可能な空間の各地に地名が散在するという構図がすなわち世界である。ただ茫漠とひろがって魑魅の生息するおぼろげな地平ではなく、いくつもの都市を結ぶネットワーク。この世界観はまた彼等に形而上的な、しかも確とした、コズモグラフィーの範を与えた。これなくして定義への還元にはじまるギリシャ哲学は成立しなかったろう。演繹的思考は対象の範囲をあらかじめ確定しておかなくては進められない。そして演繹的思考が可能なほどに幸運なことがあるだろうか。すべての哲学者はギリシャ哲学をねたんでいる。あるいはすべての学者は今日科学者をねたんでいる。しかし幼児的性格の科学者たちの栄光がはじめから研究の対象ないし範囲を演繹可能なものに限ってのことであるのに対して、ギリシャの哲学者たちは目路の限りを扱ってなおかつ論理に混乱を生じなかった。目路の限りとはすなわち地中海であった。

地形についてもう一つつけ加えておけば、地中海は閉じていると同時に開いている。ジブラルタルもダーダネルスも地中海を限定しながらもう一つの先の世界へ興味をつないで余韻を残している。特に黒海の方は古代のギリシャ人にとっては地中海の延長であり（そう見なす権利のために彼等は史実としてのトロイ戦争を戦ったのだ）、中世においても、つまりロシアが黒海北岸の領土を確保するまでは、裏の海としてビザンティン帝国の背中を洗っていた。ジブラルタルのむこうは地中海とはあまりに性質の異なる海だったので、古代人はこれを知識の中の保留項目にしておいた。スエズ地峡についても同じようなことが言える。海峡や地峡は海と海を結び、陸と陸とを結ぶと同時に、切断してもいる。モロッコからイベリア半島に渡ることは可能だが、それは自動的に可能なのではなく、一つの決意を要する。この地勢の位相幾何学的ひねりが歴史をもひとひねりし、ヒトラーにとってドーヴァーが誘惑と恐怖を喚起したように、スエズ地峡はイスラエルとエジプトにとってルビコン川のように決断の場となる。現在ダーダネルス海峡は航空母艦の通行を禁じており、ソ連黒海艦隊のある種の艦がはたして空母であるのか航空機を積んだ巡洋艦であるのか、西側とソ連は定義の問題で論議を重ねている。いずれにせよ海峡と地峡は通行者に対して、ちょうどスキュラとカリュブディスの間を通過しなくてはならなかったオデュッセウスに対するように、心理的決断を強いる。かかる閾によって二律背反的に外の世界と結ばれているために地中海の人文的な意味はずっと深まったのであって、例えばスエズ運河は十九世紀西欧の帝国主義的アジア経営の道具であったと同時に、五百年遅れて実現したヴェネツィアの夢というような印象をも与える。

地中海世界の各地に散在する地名はまずもって都市の名だった。山や川など地形を示す地名もあったが、それは旅行者の便宜のためで、一つの旅行の目的となるのは常に都市である。そして多くの場合国家もまた都市であった。ローマやペルシャのような包括的な帝国は西の世界ではむしろ例外に属する。古代文明の成立からルネッサンス期に至るまで地中海圏における覇権は都市の形を取った。ポリスを都市国家と訳すことにはいくつかの問題点があるが、基本的な要請を満たした訳語であることは認めなくてはならない。一つの統一帝国が成立するよりも複数の都市国家が並び存することが多かった裏には地中海圏において自然の富が比較的均等に散在していたといった事情もあったろう。どこも貧しかったと言いきってもよい。自給自足に至らないから人々は商業に走り、船を駆って海へ出なくてはならなかった。ちなみにアテネが帝国主義的性格を強めるのはラウレイオンの銀山の生産量が飛躍的に増し、このポリスが群を抜いて富裕になってからのことである。

いくつもの都市が互いに覇を競うという構図はそのまま現代の国際社会にまで受けつがれている。つまり国際政治というものの発祥も古代地中海圏に見られるので、ほかの多くの面同様ここでも古代のこの地域は世界史のパラダイムを、語源に溯って彼等ギリシャ人の言葉で言えばパラディグマを、提供している。ことのはじまりから世界史というものがあったわけではなく、平等の資格で同時に展開してゆく各地域ないし各都市国家の歴史とそれらの相互作用を有機的総合体として見る時にはじめて世界史の概念が立ちあらわれる。そしてこの概念がさしたる修整の要もなく今日まで用いられてきていることは、つまり北大西洋条約機構とワルシャワ条約機構の対立を拡大化されたデロス同盟対ペロポネソス同盟の対立と読みとることが単なる比喩を越えて成立する事実に見られる如く、この世界史のパラディグマが複数の覇権の運動法則の証であることを示していると言えよう。

しかし政治的な最大の統一単位が都市であったのに対して、文化的にはもう少しひろがりをもった流動的な見かたの方が妥当だから、いくつかの都市を結ぶ文化圏、すなわち都市の星座というようなものが考えられる。古代ギリシャで言えばイオニアの都市国家群は明らかに文化的に共通の資質を具備していたし、若き日のT・E・ロレンスが『知恵の七柱』という書物によって中近東の七都市の文化史をあらわそうと思いたった時、彼に見えていたのもそのような星座の図であったろう。地中海文化の等質性を強調するならば時代を越えて古代ギリシャからルネッサンスに至るまでの地中海圏の諸都市を星座として見ることも可能なのではないか。そう思えるほどにも地中海の各所は同質の強い印象を人の精神の上に残す。

以下に扱う七つの都市（こういう場合はどうしても七つにしないとおさまりがつかない）についての掌論はどれもまったく主観的な勝手なものであることをあらかじめ公言しておく。

ぼくはいかなる資格も持たないただの旅行者、時には空想旅行者、に過ぎない。予備知識は一読しておわかりのように極く浅いものだし、いつの場合にも判断の基準は理論よりも、好悪の情にある。そういう旅行の姿勢や執筆態度もまた地中海的だというのがここに提示できる唯一のアポロギアである。

アテネ

今日のアテネはいかにもヨーロッパの都市らしい涼しい顔をしている。街路樹、公園、銅像の立つ広場、人々の服装、商品、広告などはみな声高に西への従属を表明しており、ＥＣへのギリシャの加盟も確定したようだ。しかし少し注意深く見ればそのような近代的という言葉とほぼ等価に用いられる西欧的な相貌の一枚下にはなかなかに東よりのこの町の本当の顔がある。食物や菓子の類は圧倒的にトルコの影響を受けているし、民族衣装や音楽、踊り、迷信などはこの町が東経二三度、つまりはベオグラードやソフィアよりもなお東に位置していることを、低いけれどもよく通る声で語っている。町並が近代的なのには理由がある。一八二二年にギリシャが独立を宣言した時、ここは数百の人家と崩れかけたアクロポリスがあるに過ぎない寒村だった。町はその後から営造されたのである。カプニカリアのような古いビザンティンの教会もあるにはあるが、ギリシャ北部のカストリアなどに較べればその数と価値は問題とするにも足りない。

四百年にわたってオスマン・トルコの領土だったから人々の習俗の中に東方的なものが入りこんだというだけではことは説明できない。ここは古代以来小アジアに対面する位置にあったし、西よりは東の方をむいていた。東には文明があり、西には何もなかったのである。ペルシャ戦争に際しては占領までされている。それに現代のギリシャ人の性格に最も濃い血を注ぎこんだのは古典期の文化でもオスマン・トルコでもなく、東ローマ帝国であったということもある。ギリシャ古典文化を継承したつもりになっているのは西欧の勝手で、彼等がその際無視してしまったものは少くないようだし、プラトンの注釈がオックスフォードやソルボンヌから出版されたところで、アテネが西の方へ動くわけではない。パルテノンの決定的な美しさは明らかに地中海に属する。なにもゴシックやロマネスクの建築と較べるような迂路をとらなくても、ただ見るだけでそれが直観されるというところまであの建物は行っている。その完成があれほど短期間に達成されたこと、つまりギリシャの神殿が余計なものを脱ぎすてた神速にこそ驚くべきだ。そのためにはコリントのアポロンの神殿のような一段階前の作品を見るのもよいだろう。

町は二つの丘と二つの広場によって軸を定められる。二つの丘とはアクロポリスとリカヴィトスであり、前者にはパルテノンその他古代の遺跡が堂々とあり、後者の頂上には聖ゲオルギオスの小さな教会がある。小さな教会のある丘の方が高く、それだけ神に近い。古典期とビザンツはかく代表される。二つの広場の一方、シンタグマ広場にはホテル・航空会社・銀行が並んでこの町の西むきの顔をなし、他方オモニア広場はすぐ脇に食肉や魚の市場をひかえて、住民の生活をそのままにさらしている。この二つの広場を結ぶ大路に櫛比する建物は両者への距離に応じて性格を定めている。

石の文化圏ではここのように濃厚な歴史を持つ町はそのままタイムマシンとなる。最も古い時期のものとしては穴居人の遺跡がアクロポリスの中腹にあり、古典期にはパルテノンその他、またアゴラやケラミコス、ローマ時代ならばハドリアヌスの門や風の塔、等々古代史は一通り見てとれるし、人によってはプラトンのアカデメイアはほぼこのあたりと言われるだけで町工場の煙突もなにかしら荘厳に見えてくるかもしれない。

歴史に対する憧憬だけを胸にこの町を訪れる人は遺跡と博物館以外には目をむけないだろうが、人々や食物や酒、それに空の色なども、あるいはこれらの方が、魅力に満ちている。地中海的性格を受けいれられる精神の所有者であればここはずいぶん住みやすい愉快なところだろう。常に義務を優先するような方々にはおすすめできない。それにここの人々の魅力的な側面はギリシャの田舎へ行けばより強い未加工の状態で見出せる。近代都市という言葉から容易に想像されるとおり、アテネ人は水で薄められたミルクであり、田舎の人々はクリームである。

ここに住んでいると海を距てて南方にアフリカ大陸があることをしばしば想起するはめになる。たとえば春の終りに空が黄色くかすんで、この町としては珍しく蒸し暑く感じられる午後があったりする。つまり、サハラ砂漠の砂塵を巻きあげた南風が海を渡ってアテネにまで達するのだ。エジプトでハムシーン、スーダンでハブーブと呼ばれるこの風にはさすがにギリシャ語の名前はついていない。また夕刻エジプト大使館の前の大きな木に小鳥が蝟集して姦しく啼き騒いでいるのを聞く。小鳥たちは異常に興奮して木のまわりを飛びかい、また木の葉のかげにひしめきあって叫ぶ。これはアテネではここしか見られない現象だが、カイロでなら町中どこでも観察される。エジプトは外交団に小鳥をも加えたのか？

アテネが一番無防備に寝顔を見せるのは午後のシエスタの時間である。真白く壁を塗った建物の間の路次に強烈な日射しが落ち、物音はひとつもしない。空の色は正に地中海の色となり、そこを神々がゆっくりと渡ってゆくのを見たら目を閉じた方がいい。本当は人間が起きて外をうろついてはいけない時間なのだ。

イスタンブール

千年ちょっとの間に二度名前を変えた町は、ちょうど二度の離婚を敢行した男のように、それだけで有名になる。ビザンティウムはコンスタンティノープルとなり、またイスタンブールに変る。しかも、ギリシャ人たちは（と言うのも東ローマ帝国の時代にはここは事実上彼等の町だったからだが）どうしても離婚を認めようとしない正妻のように、今だにここをコンスタンティノープルと呼んでいる。さらに、イスタンブールという新称さえギリシャ語の σ τὴν πόλι（町の中で）に由来している。

ギリシャ人たちはまだこの町にいるけれどもその数はもう少いし、ギリシャ本土の方が独立してからは彼等は以前のような経済的文化的勢力を失ったようだ。ぼくが地図とオスマン・トルコの歴史を買おうととびこんだ書店のあるじはギリシャ人だったが、ショーヴィニズムの片鱗もなく淡々とトルコを語った。

コンスタンティノープルの回復はある時期まで近代ギリシャの夢であり、スローガンであった。コンスタンティヌス大帝がこの町を築き、コンスタンティヌス・パレオロガス（漱石に言わせればオタンチン）がこの町を失った。そこで第三のコンスタンティヌスがここを奪還するだろうというような素朴な希望が葡萄酒の席で熱っぽく語られた。ちなみにコンスタンティヌス、略してコスタス、は今のギリシャでは最も多い名の一つであり、東ローマ帝国の首都を奪いかえす大役を果しうるものは名前からのみ判断すれば無数にいたのだ。

あるいは大理石と化した皇帝。一四五三年にこの町がトルコ軍に包囲されて陥落した際に東ローマ最後の皇帝コンスタンティヌスは戦死した。しかし伝説によると、彼は戦死の直前に神の遣わした天使たちに救い出され、町に近くしかも地下深いところにある洞窟へ運ばれてそこで大理石と化したという。彼は待っているのだ、神がこの町をキリスト教徒の手に取り戻そうとお決めになる日を。

しかしそんな伝説さえももう過去のものになってしまった。十九世紀のギリシャ人の夢は四世紀に造られて六世紀に再建された聖堂ほどには美しくもなく、長もちもしない。アギア・ソフィアは不思議な建物である（この名は特定の聖者をではなく、聖なる叡智を意味する）。コンスタンティヌスによって造営され、二度火事で崩れて、ユスティニアヌスによって再建された大聖堂は、一四五三年に征服者マホメッドの命令によってイスラムのモスクに改造された。外部は地震に対する補強をほどこされたり、尖塔が立ったり、歴代のスルタンたちの墓所である礼拝堂がいくつも並んだりしてごたついているが、内部はすばらしい。床面からの高さ七十メートルというドームは空間を内に取りこむことによって宇宙をここに包括しているかのような印象を与える。古典期のギリシャにはこのような発想はまったくなかった。神殿には内部はないのだ。

モスクの中には祭壇の類が何一つない。さまざまな絨緞が敷きつめられた祈りの場というだけで、そのさまは蒼空を戴いた沙漠の地面と変るところがない。すべては人の精神の内部にあるということをかくも象徴的に雄弁に語り得る建物をほかに知らない。最近復元されているこの建物各部のモザイクも見事なものだが、やはりここでは時間のかぎりドームの内部の何もない空間、天井から長いケーブルで吊られたランプをじっと見ている方がいい。

トルコ人たちは一四五三年にこの町に入った時、いつまでここにいるつもりだったのだろうか。トルキスタンから移動を続けてきた彼等は本当にここに安住の地を見出したのか。おそらくそうなのだろうが、スルタン達の住んだトプカピ・サライを見ているとその規模の意外な小ささ、つつましさにふと前述のような疑問を感じる。建物の印象は石造りの天幕と言うに近い。各部屋は小さいし、全体のプランは雑然としている。それに現在美術館となっているこの建物に蔵されている品がまた一つ一つ小さく、その細工と価値の密度だけを誇っているかのようだ。細密画にしても宝石細工にしてもそれはそれは手の込んだもので、生涯の一時期を一点の品の完成と交換する職人たちの人生は単純明快で潔いのだが、また宝物をかくも小さく軽く運びやすくまとめた裏にはトルコ人たちの移動を重ねる暮しかたという理由もあったのではないかと、遠慮がちに推測せざるを得ない。もともとの彼等にどこまで一所定住の傾向があったのだろうか。

金角湾の上に渡されたガラタ橋を渡って新市街の方に入ると歴史をぬけて現代に入ったような、確定されたものから変りつつあるものに視線を移したような、感じを受ける。トルコ人たちはよく働く。ここはもうほとんど地中海の勢力圏ではなく、アナトリアの高原と黒海の風の支配するところだ。金角湾がそのぎりぎりの境界かもしれない。従って地中海的怠惰はここにはない。子供たちがずらりと道ばたに並んで口々に叫びながら煙草を売っている。その銘柄が、どこかに元締がいるのか、毎日変る。ある日には全員がマールボロを売り、ある日には国産のサムソン、ある日にはキャメル、不思議な商売だ。

トルコの魅力の一つは食物が実にうまいこと。彼等はフランス人についでパンを焼く術にたけているし、肉の食べかたは遊牧民出身のゆえかたくみなものだ。焼肉（ケバーブ）の類がいくつもあって、はじから試してみるとどれも良い。あるいは道ばたで買う砂っぽい貝のフライのサンドイッチ。そして小さなグラスで日に何杯となく喫する紅茶。

都市は本来渾沌である。その中を泳ぎながらからみあった糸をほぐし、たぐり、目の前に現れる品々を次々に調べてゆく、人も物も風光も思想もそういう接しかたから選び出される。その姿勢をもっていればイスタンブールは実に楽しい町となる。なんといってもここは本当のインターコンティネンタル・ブリッジを擁する町、かつてはオリエント急行の終着駅、言うなればアジアとヨーロッパが対面しうるまでに妥協しあっている土地なのだ。

ヴァレッタ

土地が不毛でしかも狭く、周囲の海には魚も少い。商業資本の蓄積のしようもないといった小さな島が、しかし地理的には意味ぶかい位置にあるとなると、どうしても軍事的役割が強調されがちだ。現代の用語で言えばつまり不沈の空母であり、前進海軍工廠。マルタ島を中心にしてコンパスをまわすとジブラルタルとスエズがその弧の上に載る。またここは北アフリカからイタリアへの跳び石のような場所にある。第二次大戦中は枢軸軍の猛烈な爆撃を受け、北アフリカの戦いでロンメルが敗れるまでは、この島では食糧まで不足したという。

もともとは地味な島で、小さなポケットのように忘れられた遺物をためこんでおくはずのところが、大きな勢力の格闘のはずみに眩しいライムライトを浴びてしまう。そのようなことがこの島には今回の大戦の前にももう一度起っている。

地味な面の方から見よう。シシリーの南、チュニスの東にあるこの小さな島には石器時代から人が住んでいた。やがてフェニキア人が移住し、次に（同じようなものだが）カルタゴ人が住んだ。もちろんこの事実はマルタの歴史にこそ書かれ、カルタゴの歴史では無視されるだろう。その後は彼等の末裔やイタリア南部から移った人々が住んでいたが、特記するほどのことはなにもない。やがてアラブ人がやってきた。また聖地を追われて地中海各地を転々とした聖ヨハネ騎士団がここを最後の根拠地とした。オスマン・トルコの大海軍が一五六五年にこの島を海上から包囲したが、これがこの凡庸な島が歴史に名を残した第一の機会である。聖ヨハネ騎士団はヨーロッパ各国の男たちからなっていたから、島の雰囲気はずいぶん国際的になり、さまざまの国語が響きあった。最近ではやはりイタリア系の人々が多く、英領だったこともあってイギリス人も頻繁にやってきたり住みついたりしている。

さて、このようなポケットにはどんな宝が入っているのか。最も興味深いのはここの言語であると言われる。マルタ語というのはおそらくはフェニキア語に起原をもつセム系の言葉で、それがアラブ語によって大幅に改変され、そこにイタリア語と英語の語彙が相当に加わったという。言語学者にとっては化石だらけの地層のようにありがたいものらしい。母音はイタリア語なみに明快だが、子音は二十四あって、それが「太陽の」子音と「月の」子音に分けられる。これがいかなる基準によるものか、いくら一覧表をにらんでみてもさっぱりわからない。

小さな岩石質の島だから水がまずい。道ばたのテーブルにすわってイギリス式に紅茶を頼むと、少し塩気のある水で淹れたお茶が来る。どんな味がするものか知りたかったら試してみるといい。この島の首都ヴァレッタという町は要するに両側に湾をかかえた岬の全体を城砦にしたてあげたところで、スレイマンの攻撃はおろかヒトラーの空襲にもよく耐えて、比較的原型をとどめている。ただし各国から集った騎士たちの館（インとかオーベルジュと呼ばれ、主要言語ごとに一軒ずつあった）はほとんど爆撃によって破壊されてしまった。町は海面から相当の高さをもつ城壁によって周囲をとりまかれ、その要所ごとに死角を作らないよう張り出した櫓がある。各櫓のそばに前記の各国語のオーベルジュがあって、それぞれの櫓を責任をもって守備することになっていた。城壁の内側は直交する街路で十文字に区切られ、整然としているが、ただし土地の高低のままに道は随処で階段になっている。等質の石で造られた統一的なデザインの建物がならぶさまはなかなか美しい。

この町の閉鎖性と完結の雰囲気には一種の理想主義が感じられる。つまり騎士団の基地ということでここはキリスト教という強力なイデオロギーの指揮下に極めて理念的に作りなされた都市、その中心となる理想は異なるにしてもちょうどプラトンがアトランティスに仮託し、また『共和国』で説き、あるいはベーコンが語り、カンパネッラが夢みた理想の都がここに実現したと見えるのだ。運営は騎士団の最高委員会の手で合議によって行われ、レッセ・フェールの面はどこにもない。この城壁の内側にスラムが発生する余地は、行政的にも土地利用の面からもなかった。市民の資格は騎士団の憲章によって厳密に定められている。もちろんそのような時期は長くはなかった。騎士団は次第に時代に遅れ、ヴェネツィアの衰退と共に外部からの入金は細り、結局マルタは中継貿易によってまた別の繁栄を求めるようになる。しかし、その短い期間、この町は住みよかったのだろうか。ローマやアレクサンドリアのように勝手に集ってくる人で限りなく成長する猥雑で活気に満ちた町と較べて、この整然としてしかも修道院よりは俗っぽい、信仰と戦闘という奇妙な取りあわせの理想を旨とする都市は人を幸福にしただろうか。経済的に自立できないこと、それを当然とさえしたことはどう影響しただろう。

石の壁を連ねた建物の間の細い道をおそらく十六世紀以来の甃を踏みながら歩いてゆくと、イデアが具体的な形をとった場合、人間は果してどこまでそれについてゆけるのかといった疑問が頭に浮ぶ。ぼくのような人間は多分騎士団のヴァレッタよりはアレクサンドリアの方を選ぶだろう。

商業と略取の区別、つまり交易と海賊行為の境界はさほどはっきりしていない。ヴェネツィアの商船にしても武器を常備し、ガレー船であれば漕ぎ手は即座に海兵になるしくみで、力関係を正面に押し出して交易を行っていたわけだが、それでもヴェネツィアは新世界や東洋を直接に植民地として支配しはしなかったし、地中海の各地に彼等が作った拠点はあくまでも海運の円滑のためであって、収奪を目的としたものではなかった。つまりドゥージェ麾下の市民たちの繁栄はまったく商業によるものであり、このようなことを誇れる町は近代には少い。特に貿易の中心がジブラルタルをぬけて北方へ移ってからは、天文学的な利潤をもたらした植民地への航海は船のどこかに血の汚点を残しているはずである。海賊行為については、バルバリア海岸（つまりエジプト西部からジブラルタルに至るアフリカ北岸）あたりの連中を相手に手を焼いたのはヴェネツィアの方だった。

ヴェネツィアで最も由緒あるサン・マルコ寺院は九世紀に二人の商人がアレクサンドリアから持ち帰った聖マルコの遺骸（！）を収めるために建設された。またこの寺院の上階のテラスにある鍍金をほどこした青銅の馬は十三世紀のはじめにコンスタンティノープルから運ばれたものである。これらの象徴が示すようにヴェネツィアはその富をまったく地中海にあおいでいる。東方からもたらされる奢侈品も地中海に入ってから商業的に、つまりは道義的にも一応問題のない交易によって、ヴェネツィアの手に渡った。それを北方の鴨たちにいくらで売りつけるかは彼等の手腕であって、これまた道義にそむかない。その航路を維持するために彼等が相当強力な海軍を持ったのも異とするにはあたるまい。

つまり、今サン・マルコ広場に立って周囲をぐるりと見渡す時、あるいはカナル・グランデを舟で行きながら次々に橋をくぐり、両岸の見事な建物のさまを見て進む時、視野に入る富のほとんどは商業という魔法の産物なのである。

地中海的性格はヴェネツィアの半分でしかない。ターナーの水彩に見るごとくヴェネツィアはしばしば霧の中に煙る。その位置からしてそれ自体が運河的に細く長いアドリア海の最奥に位置し、地中海と水路でつながりつつもなるべく遠くへ身をひこうとしているかのようだ。だから彼等はアドリア海の入口にあるコルフ島に要塞を作ってここを防備した。そういったわけでヴェネツィアには北方の匂いも多分にある。トーマス・マンの逡巡的な主人公にとってはここは世界の南端だったかもしれないが、地中海から見ればここは北端にあたる。彼等の商売が成功したのも当然かもしれない。戸別訪問のセールスマンに見るようにもともと商業とは敷居の上で行われるものなのだ。それにヴェネツィアはコンスタンティノープルという老獅子をたくみに利用して繁栄を築いた。「蔓が木にからんで栄養を摂取するように」とフェルナン・ブローデルは書いている。

水の都。その名のとおりにここには真水の生臭さがつきまとってはなれない。灌漑によって乾いた陸地が確保できるまではマラリアの被害は相当なものだったろうし、疫病一般に対する抵抗力も（再びトーマス・マン）弱かったろう。それかあらぬかここの人々がファルニエンテと呼ぶところの怠惰は地中海圏本来のそれとは少しく異なるように思われる。商業で栄えた町がやがて文化都市になり、また観光地になる。次第次第に生活からは賭博の緊張が消え、保険という制度を考察した彼等がもうそれをさえ必要としなくなっている。アッシェンバッハのようにここを訪れた北方人の数は知れない。『ヴェニスの商人』だけでもこの町は人を集められる。サン・マルコ広場に面する有名なカフェ・フロリアンの壁面を飾る鏡には一七二〇年の創立以来バイロン、ゲーテ、ジョルジュ・サンド、ミュッセ、アンリ・ド・レニエ、ワグナーなどの姿が映ったという。もの静かな貴族的な怠惰の町。精力の欠如。ナポリと比較すればここは明らかに静かだ。

地中海の栄光は過去のものだ。人はもう温室の中に住もうとはしない。時間の道を戻ることはできない。そしてギリシャなどと異なって繁栄の時期がついこのあいだ、たった五百年前だったヴェネツィアはそれだけに過ぎ去った栄光を傷ましく感じさせる。しかも繁栄の派手な輝きとはまた別の、もっとペレニアルな魅力が地中海にはあるのに、この町にはそれもない。ドージェの館の上に沈む日の美しさに見ほれながら、人は落日のヴェネツィア、老いたる美姫への感傷にひたる。この町の日時計には Horas non numero nisi serenas と刻んである。訳して「我幸福ならぬ時を算えず」。

チュニス

地中海の南側は古代のエジプトやカルタゴを例外として、歴史の主役を演じたことはほとんどない。オリーブと葡萄の栽培という最も地中海的な土地利用の可能な地帯は地中海の両岸にあってしかも幅が狭い。地中海的性格も風土もたしかに両岸にまたがってあるのだが、北側ではその背後にある肥沃な土地がそれを支え、助長して富の蓄積が実現することが多いのに対して、アフリカ側ではヒンターラントはサハラ砂漠であり、そのような効果はナイル河を擁するエジプト以外では期待できなかった。ローマ時代にはこの地方はキリスト教徒を殺すための猛獣の供給地であり、一五七三年に至ってさえオーストリアのあるドン・ファンはカルタゴの遺跡のあたりでライオンと野牛の狩猟を行ったと伝えられる。ヴェネツィアの富をかすめとったバルバリア海岸の海賊たちも特に大きな根拠地をもっていたわけではなかった。アウグスティヌスは北アフリカのヌミディア州の出身でカルタゴへ出て勉強しているが、彼が三十二歳にしてキリスト教に回心したのは海を渡ってミラノでのことだった。

しかし経済的繁栄や文化だけが地中海性のあかしではない。アフリカによって南を限られていることがこの海を地中海たらしめているのだし、アフリカはいろいろに地中海にかかわってきた。ムーア人であるオセロを主人公にした芝居をシェイクスピアが書き得たについてはそれだけの理由がある。しかもアラブ人はイスラム教によってこの地域の意味を非常に高めた。イスラムという均衡錘なくしてルネッサンスはなかっただろうし、イベリア半島の発展もなかったろう。その中心は近東からアラビア半島北部にあったとはいえ、ヨーロッパ人にとって最も近くあったイスラムはオスマン・トルコであり、アフリカとイベリア半島の回教国であった。

我々が例えばチュニスにおもむいた時にもっぱら見るのも、フランス人の手によって作られた南仏的な町並ではなく、その中心にあってまったく異質の町を形成しているメディナ、すなわちイスラム的な旧都である。細くまがりくねった道、沿道の小さな店舗、アーケードを戴いてそのところどころの天窓から強烈な地中海の陽光が射しこみながらもなお薄暗いスーク。香辛料の強い匂い。どこにでも無数にいて、歓声をあげながらさまざまな品を売りまわっている騒々しい子供たち。暗い店の奥に見える絨緞の色調。定刻ごとにモスクの尖塔から人々を祈禱に誘うムエッディンの朗々たる声。つまりはヨーロッパ人を含めて我々がイスラムに期待する風俗の絵巻。

それでもここはなお地中海のイスラムなのだ。ブリックと呼ばれる大きな餃子に似た名物料理はオリーブ油で揚げられるし、これも名物のクスクスは実は顆粒状のパスタである。舌の上では粗いけれどもなめらかに喉を通る葡萄酒もある。家々はエーゲ海の島々のそれのように石灰で純白に塗られ、窓枠と扉だけが地中海の鮮やかな海の色を付与される。その色をここでは Tunisian Blue と呼ぶけれども。スークの雰囲気にしても、まったく同じように作られ、同じように小店が並んでいるイスタンブールのグラン・バザールとは明らかに異なる。ここはイスタンブールと違って完全に地中海圏であり、外から見れば屋根ばかりが累々と連なってその下に地底都市のようにスークを覆っているその上天には、海の色の空がひろがっている。地中海の空の色はサハラ砂漠と大西洋によって作られるという。

イスラム教を風俗以上の真摯なものとしてとらえないとしてもそれは別に観光客の手落ちではない。この宗教の本質はインドネシアからアフリカまでまず不変に近く、キリスト教や仏教のように細かく分裂はしていないが、しかし稀釈されるということはあるのだ。例えば地中海によって。

人々の顔も多種多様で金髪に碧い眼から東洋的な相貌やアフリカ本来の目鼻立ちまで、博物館のようにそろっている。この土地は古代から来る者を拒まなかった。来た者はおのがアイデンティティーに関する疑義をあっさりと捨てて、要するに地中海人になってしまうのだ。この海が人々の性格の上におよぼす影響のうちで最も顕著でしかもうらやましいのは楽天主義である。そしてそれが一番抑圧なく素直に発揮されているのがチュニスだとすれば、ここを訪れることは地中海の一番魅力に満ちた好ましい顔を見ることになるのではないか。

バルセロナ

この町を暗いと言うことはもちろんできない。南東の地中海にむかって開かれた活気にあふれた港町が暗いはずはない。しかしたまたまぼくがこの町へ着いた日は、九月のはじめだったというのに暗い雲が低く垂れこめて、小雨が降り、肌寒かった。ぼくは急いでデパートへ行き、娘のために衣類を買いたした。「子供の服はどこにありますか?」というのがはじめて使ったスペイン語のセンテンスだった。この時の印象が今に残ってバルセロナは暗いとぼくに思わせているとしたら、旅というのはやはり偏見を養うためにあるということになるだろうか。

スペインが暗いというのはどうか。正確に言えば暗いのではなく光と影の比率がどこか違っていて、ギリシャならばただひたすらに眩しい一方なのが、スペインではいかに太陽が激しく照ろうとも、それは暗い部分には決して侵入することができず、両者は中和しない。ギリシャから右まわりに地中海をまわり、小アジアからアフリカへ渡って西へ進み、ジブラルタルを渡ると、そこに色調の転換がある。ゴヤとベラスケスの世界は決して明るくはない。そして土地の色がまるで違う。イベリア半島の大地はデカン高原のそれのように濃い褐色をしている。ギリシャならばまったくでたらめに植えられて枝を伸ばしているオリーブがここでは整然と格子状に並んでいる。たしかにオリーブの葉の色であり枝ぶりなのだが、はじめて目にした時にはまるで別の木のように見えた。

バルセロナを地中海の貿易港という以上に特徴づけるものは、歴史的にも、また風光や人々についても、少い。ここではスペイン的なものが地中海的なものをはるかに上まわっている。ここは南スペインのようにイスラム圏に長く組みこまれていたわけではないし（八〇一年には奪還されている）、遠いマドリッドとの間は東部アラゴンの山地で距てられ、近いマルセイユとは海路で結ばれているのに、またカタロニアはスペインではないという声高な主張も今なお聞かれるのに、やはりバルセロナはスペインである。

ギリシャから行ったのがいけないということはあるだろう。イギリス人ジョージ・オーウェルが「しかし間もなく、私は他の国で外国人であるよりはスペインで外国人である方が望ましいと思うようになった。スペインでは友を得ることのなんとたやすいことか！」（『カタロニア讃歌』）と言う時、彼はたしかに地中海人に接しているのだ。あるいはまたタスカスと呼ばれるあけっぴろげの酒場でアペリティーボスの類を口に運びながら葡萄酒ないしセルベーサすなわちビールを飲めば、その味覚の質は地中海を思わせてやまない。煙草屋でちょっとした買物をする時の店主の応待もまたこの海のあちこちと共通するものだろう。それだけでも心を開いた北方人には大きな喜びだろうに、馴れてしまっているとその値打に気付かない。

結局ぼくはスペインにいる間ずっと地中海的なるものとスペイン固有のものを無意識のうちに分別していたのではないだろうか。ガウディの聖家族教会に畏敬の念に近いものをおぼえても、それはパルテノンやサン・マルコ教会に対した時の感情の動きとは違う。人々の身のこなしも建物の形状もたしかに海辺を思わせるのだが、その中になにか決定的に違うものがある。最後にすべてをはっきりさせたのがバルセロナの古い一郭バリオ・ゴティコに君臨するカテドラルだった。特にその中に並んだいくつもの小さな独房のような聖室。鋳鉄の格子で本堂と仕切られ、薄暗い中に蠟燭の火が揺れるこれらの小部屋の雰囲気はひどくなまなましく地上的で、ぼくの見なれた東方教会の内部とは異なるものだった。ギリシャに住んでいれば正教の精霊は空気中に漂っていて、そっとこちらに取りつくそぶりを見せたりする。時には教会で蠟燭を奉納するようなことも、それこそ子供でも連れていれば、ごく自然にできる。ギリシャと地中海と正教は緊密な三稜鏡を形づくって人の顔を映し出す。それに対してゴティックと結びついたカトリシスムはなんとも近よりようのないものに思われる。この個人的な印象を分析してみてもはじまらないだろう。素人が宗論に手を出してはいけない。だが、スペインをほかの地中海諸国と区別している最も決定的なものがこの現代に生きているゴティックのカトリシスムだと、勝手にわかってしまってもいいのではないか。スペイン市民戦争共和派の本当の敵もそれだったかもしれない。この世界に入れてもらえないというのは残念なことだ。アペリティーボスがあれほどうまく、シェリーが飲み放題となるとこの損失はいよいよ大きいように思われる。

アレクサンドリア

都市の起原はみなおぼろにかすんでいて、いつからそこに人が住んでいたかはっきりしないのが常だが、この町の場合だけは正確にわかっている。紀元前三三一年、マケドニアの若き王アレクサンドロスはシリアを統合してからエジプトに足をのばし、ナイル河のカノープス河口の近くにあったファロスという小島の対岸、のちにマレオティスと呼ばれることになった湖沼と海との間の細長い土地に自分の名を冠した町を建築することを命じた。この町はくっきりとこの日付からはじまる。アラブ人によって東方と結びつけられるようになる以前のエジプトはアジアよりはヨーロッパの方とよほど頻繁な交渉をもっていた。プルタルコスの『アレクサンドロス伝』第二十六節は町の起源に関していくつかの伝説を著しているが、大王の考えはエジプトとマケドニアを海運で結ぶことによって両者に益をもたらそうということに尽きたろう。彼の判断は正しく、それ以来二千年以上にわたってこの貿易港は数多くの船を呼び集めてきた。プルタルコスの表現を借りれば「大王の造る町は豊かに栄えてあらゆる種類の人間を養うように」なった。沖のファロス島と本土の間は堤防によって結ばれ、その両側がそれぞれに港になった。ファロス島に造られた灯台は周知のごとく世界の七不思議(というのは誤訳だろう。つまりは七つの驚異ということ)の一つに数えられた。大王の死後ここはプトレマイオス朝のもとでヘレニズムの学芸の中心となり、文化と商業の双方で殷賑を極めた。

この町の特徴はその不定見な雑種性、つまりいくらでも発展することを許された町が自己増殖を続けて、何でもとりこんでいった貪欲な生命にあった。まずもってここは宗教の町ではない。ヴァティカンなきローマであり、古代にあって既に現代的な性格をもっていた。富と貧困、快楽主義と学究、近親相姦の匂いのたちこめる王家と禁欲の僧を共に容れて平然としている大都会。

というような先入観や知識をかかえてこの町を今訪れる者はやはり落胆する。まずもってこの町は名前の響きが良すぎる。町の性格が文学で表現される場合にはいよいよ増幅される。カヴァフィスはこの町の住民だったからこの町のそのような魅力を歴史に即して書くだけだったが、L・ダレルの四部作はアレクサンドリアを徹底して文学に作りかえてしまった。前衛性と通俗性の奇妙に入りまじったこの作品と現実の町とは、宝石をちりばめた木の葉型のブローチと地面に落ちて色褪せた枯葉ほどにも違う。あるいはS・モーム、『月と六ペンス』の中の一挿話。はるか昔に読んだのでうろおぼえだが、優秀な医学生が休暇で船旅に出る。たまたま寄航したアレクサンドリアで彼は説明しがたいアタヴィスティックな衝動に駆られ、船を降りてこの町で暮すことに決めてしまう。つまりこの港こそが自分の生きるべきところだという天啓にうながされてヨーロッパでの立身の見込みをすべて捨ててしまうのだ。どうもイギリス人はロマンチックに走りすぎる。

この町はもうアレクサンドリアではない。当然のことながらエル・イスカンダリアというアラブ名で呼ぶしかないのだ。十九世紀から今世紀の前半まで、ここはエジプト綿の積出港として古代の繁栄に近いにぎわいを見せ、ギリシャ人の仲買人たちはそれで巨額の富を蓄積した。しかしそれももう過去の話だ。ここにはもうギリシャ人もいない。セシル・ホテルに近いギリシャ料理店のおやじは、戦後ギリシャ系の連中はみんなアメリカとオーストラリアへ行ってしまったと、いささかの哀感を混えて話した。彼の話はおもしろかったが料理の味は駅に近いエジプト料理店の方がずっと上だった。これもまた当然の話だろう。翌日、いかにもアラブ的に騒々しい雑然とした道を歩いていると、道ばたでガラビアを着たおじさんが白いかわいいウサギをたくさん籠に入れて売っていた。一人の女がそれを一匹買った。おじさんはつかみ出したウサギを溝のふちに押え、ナイフを一ひねりして頸動脈を切った。あれは果してうまいだろうか。

この町でこそ想像力が必要なのだ。ポンペイウスの柱、コム・エス・ショカファのカタコンベ、グレコ＝ローマン博物館、遺跡の数は多くない。有名な大図書館はその位置さえ知れないし、ファロス灯台のあった場所には今はカイト・ベイの要塞がある。西港には軍事的理由で近よることもできない。しかし、地中海とマレオティス湖にはさまれた町の基本的な形は変っていないはずだ。町を東西につらぬくカノープス街（現在のロゼッタ街）の両端にあったとされる太陽の門と月の門の姿を思いうかべてギリシャ小説『レウキッペーとクレイトポーン』を読むことはできる。もちろんダレルを読むこともできるし、たとえば一番高級なモンタザのパレスティナ・ホテルなり、ぼくが泊まった安いホテル・クリヨンなりに二週間滞在してダレルの四部作とカヴァフィスの詩集を交互に読むというようなことをする時、アレクサンドリアは現実の姿を捨てて真実の姿を現してくれるだろう。現在の町を見ながら過去の町を心の内に再現するのは知識をもった旅行者の特権である。たとえその両者がいかにかけはなれて見えようとも。

イスタンブールにはじまる

地中海というのはずいぶん広い海だけれども、そのすみずみまでに何か等質のものがゆきわたっている。スペインとギリシャはまるで別の国だが、それでもバルセロナとロードス島の空気にはなにか共通の成分が含まれている。

しかし、イスタンブールにはそれがない。微妙に欠けている。それに気付いたのはちょっとショックだった。ここはもう地中海世界には属していないのだ。それを例えば町の色調に感じる。あのくすんだ、埃っぽい茶色は、たとえば大理石の目立つアテネの市街では見ないものだった。人の顔立ちがまるで違うのは言うまでもない。ここまで来ると、境界線を越えてしまったという印象が強い。

イスタンブールは迂闊な観光客をとまどわせる。この町の人々は、地中海周辺のどの町の民にも見られない真剣な顔をしている。街角で煙草を売っている子供たちまでが生真面目で、いわば緊張の美を表情に匂わせている。物見遊山のつもりで来た外来者は、この真摯な顔つきに足をすくわれる。ここではなれあいのジョークが通じない。はたしてこれはヨーロッパ人とアジア人の違いだろうか。

観光客がとまどうもう一つの理由は、ここの歴史が複雑すぎることだ。現代のイスタンブールは強引な重ねあわせの原理から生れた町である。元来のギリシャ・ローマの都市構造の中に、オスマン・トルコという別の民族の町がある。そのさまは、人の住まなくなった市街にそっと水が入ってきて、建物のすべてをゆっくりと満たしたかのようだ。かつてのアギア・ソフィア大聖堂は、この町を占領したメフメット二世の命令でそのままモスクになり、今世紀に入ってからは近代トルコ建国の父ケマル・アタチュルクの命令で博物館になった。

トルコ人とかつての住人であるビザンティン帝国の民とはあまりに性格が違いすぎる。もともとはトルコ人は都市などに無縁の遊牧民であった。それまでは都市に住む連中を荒野を渡る勇気のない臆病者と見なして軽蔑していたのに、その彼らが町に住むことになった。それだけではなく、彼らはそれまでのこの町の主役がキリスト教徒だったのに対して、モスレムである。かくてこの町にはギリシャ・ローマとイスラム、中央アジアの高原の民の伝統、それにアタチュルク以来の近代性などが混在しているのだが、それらのひとつひとつを正確に読み取るのは容易ではない。

今のこの町の印象、あのざらっとした感触、ずいぶん北であるという感じ（青森と同緯度）、地中海の出口であること以上に黒海の入口であることを思わせる海の暗い色、人々の体格のまるっこさ、それと対照的な精神の鋭角、皮膚や髪の黒さ。西側からトルコに入った者はどうしてもここからアジアがはじまると考えるだろう。それがどこまで正しいか、アジアの東の端からアテネに行ってしばらく暮した後、貧しい観光客としてここを訪れるという迂路を辿ったぼくにはよくわからなかった。

アギア・ソフィアの内部空間の宏大はすばらしいし、ブルー・モスク（スルタン・アフメト・ジャミイ）はなお一層すばらしい。信者の寄進になる絨緞を何百枚と敷詰め、祭壇の類はなにもなく、はるかに高いドーム状の天井から長いケーブルで吊られたランプは揺れもしない。建物の内部を飾るタイルの一枚一枚が世にも稀な価値を湛えているようで、特に好きな一枚のありかを覚えておいて、毎年その一枚のタイルを半日ながめるために、それ以外に何の目的もなく、あの町を訪れるということがしてみたい。

十九世紀までは、イスタンブールからメッカに旅立つキャラバンはこのモスクの前に集合して出発した。その経路を想像してみる。ボスポラス海峡を渡って、小アジアを縦断し、コンヤに抜け、イスケンデルンからアレッポ、ダマスカスを経てイェルサレムへ出る。アカバまで行けばあとは船を使って紅海を下り、ジェッダに着く。ジェッダはもちろんメッカの港である。そのはるかな旅路を思って巡礼が故郷で最後の祈りを唱えたのが、このモスクだった。

イスタンブールの大バザール。高いアーケードの下に延々と続く店の数々。間口が狭く奥に長いその店舗に充満する見事な衣類や絨緞や毛皮製品。雑踏と、羊毛の匂いと、店に入った客に間髪をいれず供されるちいさなガラス・コップの紅茶。ゆっくりとした商談、愉快なかけひき。ヨーロッパとは違う種類の暖かさ。

だが、本当に足を運ぶべきはちょっと離れたところにあって規模も小さい香水のバザールの方だろう。トルコ人の香水好きは尋常ではない。なにかというとオーデコロンをばしゃばしゃと手に振りかけて首すじをぬぐうし、人にもそれをすすめる。バスの中では無料サービスとして、車掌が乗客全員の手のひらにオーデコロンを撒いてゆく。その元締がこのバザールで、何軒もの香水屋がずらりと連なり、大きな瓶を並べて商売にはげんでいる。買うと小さなプラスチックの瓶にいれてくれる。その他にも西洋風に凝った小瓶に入った高級な香水がいろいろあるし、指先ほどの罐に入った黒っぽい練り香水もある。こういう風俗をオリエンタルというならば、これはすなわち『千夜一夜物語』の英邁な王ハルン・アル・ラシードのバグダードが属していたようなオリエントであって、大アジアそのものではない。アジアがもっとずっと広いことをわれわれは知っている。

あるいは、食べる物。ここでは何もかもが大変にうまい。肉類を料理する手腕は、彼らがもともと遊牧民だったのだから、備わっていて当然かもしれない。シシュ・ケバーブやドネル・ケバーブといった焼肉の類、内臓、羊の脳、等々。しかし、魚も貝も紅茶もうまいのはなぜか。町の真中、金角湾にかかったガラタ橋でみんなが釣っているような雑魚のフライがうまい。道端の屋台の、貝のフライをはさんだサンドイッチもうまい。ついでに言えばお菓子もうまい。

もともとこちらがアジア人だから、味覚的親近感があってうまく感じる、特にヨーロッパでしばらく暮した後ともなればいよいよ、という説明は通用しない。トルコ人は本当に料理にたくみなのであって、アジア的な味覚というような単純な話ではない。それは例えばフランスについでうまいパンを焼くのはトルコ人だということからもわかる。

イスタンブールからマルマラ湾を距てた対岸、つまりアジア側に、ウスクダルの町がある。フェリーですぐに渡れるのだが、むしろイスタンブールよりもこちらの方がヨーロッパ風に洗練された静かなベッド・タウンと見えたのは、要するに経済的に余裕のある人たちが住んでいるということか。十万人の小市民的なモスレム。

このフェリーに乗った時の思いを振返ってみると、アジアというのが地域の名称ではなく、ある頂点へむかっての傾斜であることがわかるような気がする。ぼくはフェリーでアジア大陸に渡るということを三箇所で体験している。第一は香港のスター・フェリー、第二はこのイスタンブールからウスクダルへの船。第三はエジプトのブル・サイード（ポート・サイド）から対岸のブル・フアドへ。どの場合にも距離にして一、二キロ、だれでも乗れる公共の船で、別に自慢するほどのことではない、しかし、三度もくりかえすと、何か意味のあることをしているような気になる。

どの場合にも、アジアというものがずっと彼方にそびえる高峰のように感じられた。地中海が普遍だということから本稿をはじめたが、アジアはそうではない。アジアの奥にむかって進めばアジア的なるものが次第に増してゆくのであって、ある一線を越えたらそこはもう完全にアジアという具合にはなっていないのだ。たしかに、イスタンブールで何かがはじまる。それはアジア的なることのはじまりであって、その完成ではない。トルコ的なるものさえ、実際にはイスタンブールでかろうじてはじまり、アンカラで相当強くなり、アナトリアではいよいよ強く、ひょっとしたらもっとずっと奥の、トルクメンやトルキスタン、カザフの方まで深まりつづけるものなのではないか。

イスタンブールはそういうことを旅人に思わせるのだ。

*

蜂の旅人

最初の蜂を見たのは、コペンハーゲンだった。乗換の飛行機を待つ数時間の間、ぶらぶらと町を歩いていた時のことだ。もうすっかり秋の気配に包まれた北方の町で、蜂はパン屋の、デーニッシュ・ペストリーを入れた温いガラス・ケースの中で、夢中になってフロスティングの砂糖をなめていた。蜂の奴、うまいところをみつけたものだと感心した。しかしすぐにぼくはその蜂のことを忘れ、枯れ葉の舞うデンマークの首都を後にして、ギリシャに向から飛行機に乗った。

今回の旅は、まず季節に不安があった。十月の下旬というのは、いかにクレタがヨーロッパで最も南にあって地中海に囲まれていると言っても、遅すぎるかもしれない。ギリシャは光の国だから、光のある季節に行かなくては本来の姿は見られない。ぼくは冬のエーゲ海の波の荒さや、雨の冷たさ、風の激しさをよく知っている。だから、飛行機の中ではずっと、天候のことが気になっていた。

クレタ島は東西に細長い島で、二つの大きな町があり、それぞれに空港がある。ぼくは西のハニアの方からクレタに入ることにした。そこから、あまり観光客の行かない島の南岸に沿って、いくつかの遺跡を見ながら東に走り、最後にイラクリオンの空港から帰りの飛行機に乗る。そういう予定だ。ついてみると、やはりハニアは涼しかった。つい一時間前、強い雨が降ったところだと言われた。町全体の印象はまったく秋だ。

港に行ってみた。現在見るハニアの町の基礎を造ったのはヴェネツィア人で、濠に囲まれた市街や港の形などにはずいぶんヴェネツィア風の雰囲気が感じられる。アドリア海の奥にあるあの大きな水上都市そのものに似ているのではなく、彼らが地中海のあちらこちらに造った衛星都市と同じ様式、つまり、ロードス島やコルフ島の港にそっくりなのだ。そして、そこに強い北風が吹いていた。エーゲ海の向う、ペロポネソス半島の向う、ピンドスの山々を越えて、アルバニアの彼方、ディナリック・アルプスの方から吹いてくる冷たい風だった。

雨は降っていないが、今にもまた降りだしそうだ。防波堤の内側だというのに海は岸壁に体あたりしては高々と飛沫を上げている。沖合もすっかり鉛色。時おり大きな波が岸に当ると水は陸に這いあがり、古い石畳を洗い、あちこちに濡れてつややかな茶色い海草を残して、しぶしぶ海に戻ってゆく。そこを行く人々は岸壁の縁を避けて、建物にすりよるようにしながら、肩をすくめて急ぎ足で通り過ぎる。

ギリシャの天気は日本と違ってまことに単純である。夏の間はずっと毎日必ず晴れ、冬はぐずぐずと雨が降るか、重たく曇っているか。それだけ。この天気が本当の冬のはじまりではなく、単なる秋の気まぐれで、もう一度だけ太陽の出る安定した日々が戻ってくれるといいのだが。

天候を気にしているせいか、なかなか旅の気分になれない。ギリシャに入ってから、ぼくはさまざまな匂いに囲まれていた。この国特有の強いタバコの匂い、潮風、建物の中の湿った石の匂い、人々の体臭とオーデコロン、教会の中で焚かれるお香。しかし、普段ならば一瞬で心の姿勢を変えてしまうそれら昔懐かしい匂いが、なんの効き目もない。だが、そんなことまで、天気のせいにしていいものだろうか。

この旅に対して、どこか臆するところがある。ぼくはかつてこの国で三年近くを過ごした。もう十数年前の話だ。その後で、幸福のトラウマともいうべき奇妙な体験をした。人は、辛い思いの記憶を心の傷として残すのと同じように、幸福感によって傷を負うことがある。その頃のぼくにとってギリシャは本当に幸福な土地だった。そのため、日本に戻ってからの一年、あらゆることに違和感を覚え、言ってみれば日本に罰されたようなことになって、ずいぶん辛い思いをした。この二つの国は、一人の人間の心の中に共存するにはあまりに違いすぎる。個人の勝手な思いで国境を越えることには、それなりの危険がつきまとう。だから帰国してから十二年、ぼくは一度もギリシャを訪れなかった。また傷つくことを恐れてためらっていた。しかし、幸福感の記憶だけに頼っていては、ぼくの中のギリシャは抽象化していよいよ希薄になる。いずれは再訪しなくてはならない。そういう決断をして旅に出てきた。事態はなかなか複雑なのだ。

ハニアに着いた翌日、サマリア峡谷へ足をのばした。遺跡よりは自然の方が入りやすい。クレタは東西に長い島で、ちょうど四国を横に半分にしたくらいの大きさ。北側は平地が多いが、南寄りに点々と山地があって、木も生えない石灰質の白い険しい山々がそびえている。冬に大量に降る雨のせいで、それらの山には南に向かっていくつもの細い深い峡谷がうがたれ、特異な風景を形造っている。夏は一滴の水もない涸れた川が、冬になると岩や流木を轟々と流す急流に変身する。サマリア峡谷はそういう狭い深い谷の一つで、一番狭いところでは高さが三百メートルを超える絶壁がわずか四メートルの幅で両側にそびえている。そこに長さ十六キロのハイキング・コースが設定してある。山の上から出発して標高差千二百メートルを降りきると、海岸にあるアギオ・ルーメリという集落に出る。そこからは船でバスの便のある村まで渡って、ハニアに戻るというわけ。

出発点まではハニアの町からバスで一時間ほど。延々と登る道ははじめのうちこそ村がいくつもあってオリーブの木々や桑の木などを見ることができたが、やがてそれも終り、ざぐざぐに荒れた岩ばかりになった。日本の山に比べると、南欧の風景は緑が少く、からからに乾いて見える。雨の量がまるで違うのだ。山頂に着いてバスを降りる。空は曇りで、谷から吹きあがってくる風がずいぶん冷たい。ジャンパーの下にセーターを着なくてはならない。

はじめのうち、道は山腹に沿ってゆるい傾斜で降りてゆく。よく整備してあって歩きやすい。しばらく行くと松の木を見かけるようになった。その強い匂いが心地よい。時おりそれに楓の木が混じる。そして、なんと空が晴れはじめた。クレタは東西に走る山で分断されているから、北と南で天気が違うこともあると聞いてはいたが、この変化はドラマチックだ。陽射しはたちまち強くなり、本物の地中海の眩しい青い空が頭上に広がった。着ているものを一枚また一枚と脱ぐ。それにつれて、気分が軽くなってゆく。一時間ほどで川原まで降りきって、あとは石や砂利の多い川床を右に左に横切りながらの、比較的ゆるやかな下り。砂利が多いところは歩きにくい。
　五、六キロ下ったところに、かつては人が住んでいたサマリアの村の跡がある。そこで簡単な昼食をとった。木のテーブルの上に開けて置いたマーマレードの上に、数匹の蜂がやってきて群がる。野生なのか、それともどこか近くに巣箱があるのか。花の蜜を少しずつ集めるのが仕事のはずなのに、横着な連中だ。
　しかし、それを見ているうちに、その羽音を聞いているうちに、自分が最も自分にふさわしい場所にいるという実感が湧いてきた。心がのびのびとその場に寝ころがってしまった。ある意味では、恐れていたことだ。

　この十二年、いつだって一番したいことはギリシャの田舎で陽光に当たりながら蜂の羽音を聞いてうつらうつらすることだった。それをずっと我慢して、その時々すべきことを律義にやってきた。そして、今、その最後の悦楽を実行に移してしまっている。すっかり自分を甘やかしている。この地で、ギリシャの神々はぼくを祝福してくれる。日本に戻ったら、また罰が待っているかもしれない（こういう言いかたは日本語の文脈の中ではひどくおさまりが悪い。どうでもいいことを、一人でむきになって、大袈裟に書いているように見える。あるいは意味もなく感傷的に響く。この種の幸福感をうまく伝える語彙や語法の用意が日本語にはないのかもしれない）。

クレタに行った者にとって、クレタ人のホスピタリティーについて報告するのは義務である。ハニアに着いた日、ぼくは政府観光局のタチアナという女性をたずねた。クレタのどこに行くのが一番いいか、それを相談するためだ。彼女は元気で、賢そうな顔立ちをしていて、クレタについては細部までなにもかも知っている。だからその場で地図を広げての相談に彼女が懇切丁寧に乗ってくれたのは、職務として当然だったかもしれない。しかし、その夜、ハニアで一番のタヴェルナに親しい友だちを集めて夕食の席をもうけ、そこにぼくを招いてくれたのは、常識に言う職務の範囲を逸脱していたと思う。

この店はうまかった。こういう場合、店の名は書かない主義だから、実直なおじさんがやっている刃物屋の向かい側とだけ言っておこう。全体としてクレタで出会った食物はどれも正直で、深みがあって、しっかりして、信用できるものばかりだったが、この店の場合はキュイジーヌとしても別格。ぼくならばアテネのどの店よりもここを選ぶ。肉類はあまり出ない。ズッキーニ、ほうれんそう、ビーツ、なす、にんじん、ポテト、さまざまな野草の類、きゅうり、ピーマンなどの野菜にオリーブ油とチーズ、パイ皮やヨーグルトなどを組み合わせて、実にいい味を作っている。

その席でも当然クレタ人のもてなし好きは話題になった。元水球選手でオリンピック代表チームの一員だったというアントニスに言わせれば、古代以来あんまりたくさんの人種が次から次へとここを訪れたから、親身に応対するのが癖になってしまったのだという。クレタは地中海の真ん中にあって、周辺の民族みんなの訪問を誘ってきた。だから実際の話、四千年近い昔にミノア文明の拠点となって以来、ここには本土のギリシャ人、ローマ人、十字軍のフランク人、ヴェネツィア人、オスマン・トルコ、ナチス・ドイツ、イギリス軍などがそれぞれに征服者顔でやってきた。そして、たいていはこの豊かな地ののんびりとした空気と人々の歓待によって丸い性格になって、また帰っていった。アントニスがこの地の歴史を総括して「彼らは来たり、彼らは去った」と言うのは、そういう意味だ。

人がクレタに来るのはわかる。ここに住む者は誰でも満ち足りた日々を送ることができる。ぼく自身、かつてアテネで三年近くを過ごした時に、ギリシャ人が天与のものとして享受している生活の楽しさを充分に味わった。アテネでさえそうなのだから、クレタの幸福は陽光が多い分だけ一層充実したものだろう。では、なぜ来た者はまた去っていったのか。なぜローマ人やフランク人やイギリス人は、この地へ来るという幸運をやがて放棄して、寒くてつまらない祖国へ帰っていったのだろう。他ならぬぼく自身は、なぜギリシャにそのまま住みつかず、あれほど不満の多い日本へ戻ったのか。文明史の面では、ここが大きな文化を築くには小さすぎる土地だということがあるかもしれない。このサイズではどうしても辺境的な性格を脱することができない。ローマは大帝国である。ローマから派遣された者はこの地を享受しつつも、次の命令があればローマへ帰任した。

しかし、ぼくを含めて、人々がクレタから去った本当の理由は、ここが人の好奇心を育てるからではないだろうか。クレタを知った者は、別の土地を知りたいと願うようになる。国境を越えて違う風土の中へ入ってゆく快感は一度覚えると癖になる。もう一つのクレタを求めて、ついつい旅立つ。移動が含む出会いの可能性に騙されるのだ。だから、ある種の人間は一つの土地で人生を全うすることができない。移動に終始して終る者がおり、定住生活を送りながらもそわそわと他の土地のことを考え落ち着かない者がいる。動くことには魅力がある。

クレタは人を誘うと同時に、別の土地へ向けて促しもする。世界を全部見てしまったら、最後にはまたここに来て一番いい暮しを楽しもうと思わせる。そういうからくりが風土そのものの中に組み込んであるかのようだ。

サマリア峡谷から帰った翌日、タチアナに教えてもらったいくつかの目的地に向かって、ぼくはレンタカーでクレタの南岸をたどる旅をはじめた。と言っても綿密なプランがあるわけではなく、気まぐれに走っていけばいいのだ。出発前、どこで昼食をとるかが問題になり、タチアナのオフィスの三人（彼女と、アシスタントのマリアと、もう一人のヨルゴスおじさん）の間で盛大な論争があったあげく、クレタでただ一つの湖であるクルナス湖のほとりの店がいいということになった。ここがたまたまヨルゴスおじさんの従弟が経営する店であると聞いても、ぼくは驚かなかった。推薦された以上おいしいに決まっている。

実際そこはよい店だった。今朝までその辺を走り回っていたに違いないニワトリは実に濃厚な味だったし、それと一緒に炊いた米もうまかった。この店の名物はデザート。チーズを挟んだクレープなのだが、それに蜂蜜をかけて食べる。強い粗い味のワインもよかったし、店主フランギアダキスが、消化を助けるという理由で最後に出してくれたラキ（クレタ特産のリキュール）は懐かしい味だった。

食事を終って席を立つと、湖の対岸のトリパリ山の険しい斜面からからんころんという山羊の鈴の音が聞えてきた。ずいぶん上の方だ。木と呼べるほどのものがほとんど生えていなくて、棘だらけの固い草と灌木ばかりの荒れた断崖でも、山羊は自在に走り回って餌を見つける。実際、近東から南欧にかけて山がみんな禿山なのは、ここ五千年の間に山羊が木の実生の苗を食べてしまったからだという説があって、あながち嘘ではないらしい。

どこにいるのかと目を凝らして見ると、はるか上の方に細い道があるのだろう、二、三十頭の山羊が一列になってゆっくりと歩いてゆく。隣家の軒をたどる蟻の行列くらいの大きさだ。それでも、あたりが静かで、山が岩ばかりだから、山羊の鈴の音は遠くまで届く。心が勝手に昼寝をはじめてしまうような気持のいい音だった。

この旅にはどうしても見るべき目標などない。予定として決っているのは帰りの飛行機に乗る日付だけ。毎日行ってみる場所を定めて、そこを目当てに走るけれども、何かの理由でそこへ行けなくなったとしても、悔みはしない。そういう旅がこの島には最もふさわしい。

そんなわけで、最初に寄るのはフランゴカステロと定めた。フランク人の城という意味だが、かつてこの島では西ヨーロッパ人全体がフランクと呼ばれたのであって、この城も実際の建設者はヴェネツィア人。一三七一年に造られ、十九世紀まで使われた。実際には城というほどの大きさではなく、せいぜい砦というところだ。黄色っぽい石を積んで造った城壁は上端がぎざぎざのパラペットになっていて、四隅には櫓があり、西洋のお城の基本型をそのまま見せている。正門の上にはいくつかの紋章の枠だけが残っている。一つだけ、イルカを三頭刻んだ盾型が現存しているが、それも歳月で傷んだのか、かろうじてイルカとわかるくらい。

城壁の中には何もない。昔の建物の壁の跡が少し残っているだけ。そこに、亡霊が住んでいる。一八二八年、オスマン・トルコの軍とギリシャ義勇軍がここで戦い、五月十七日、勇将ハジミハリスに率いられるギリシャ勢は壊滅した。だから、毎年五月十七日の夜にはこの城壁のまわりで踊るギリシャの兵士たちの亡霊が見られるというのだが、その日ではなかったのだから、彼らに会うことはできなかった。黄色い城壁のまわりで見たのは、長い静かな夕日に踊るぼく自身の影ばかりだ。

翌日は朝から失敗をした。淡い空色の空一杯に雲雀の声がひろがる爽やかな朝で、これはいい日になると勇んで出発したのに、羊の群れにだまされて道を間違えたのだ。間違いを羊のせいにするのも大人げない話だが、本当にその羊たちは分かれ道のところに立ちふさがって、その先を見えなくしていた。おまけに羊そのものに目を奪われて、道路標識を見落とした。おかげで往復十六キロの無駄足をすることになった。

そういうことがちっとも無駄と感じられない。そうやって走ること、羊と、地理的にたわむれること、小さな村の中の細い道を用心して走りぬけること、ずっと遠くまで行ってしまってから、これは間違いだと気付いて同じ道をまた戻ること、それらのすべてを楽しんでいるのだから、苛だつ必要はどこにもない。次の目標はモニ・プレヴェリという修道院だが、この修道院がぼくの遅刻を気にするはずはない。では、こちらも気にしないことにしよう。

というわけで、修道院からほんの数キロのところでまた道を間違えた。今度も狭い山道を登っていって、小さな村に入ってしまう。しかたがないので、向うから来るおばさんに道をたずねた。道は違うけれど、ここからでも行けないことはない。こう行って、こう曲がって、山を一つ越えれば、ちゃんと修道院に着けるよ、と正確で親切な答が返ってくる。そして、その通り、四輪駆動が欲しいほどの山道を登ってゆくと、確かに修道院の上に出た。

この修道院は、タチアナの推薦にもかかわらず、印象が薄かった。規模も普通程度で、教会のイコンの類も特に優れているわけではない。何よりも僧たちの気配がないのが虚しい。全体にがらんとして、ひややかなのだ。

だが、早々にこの修道院を出て少し下ったところで、思わぬものに出会った。もう一つ、すっかり放棄されて誰もいない修道院が現れたのである。どうやら同じプレヴェリの分院らしい。見た感じでは、人が住まなくなってから十年とはたっていないだろう。石組はしっかりしているし、ちょっと修理すればすぐにも使えそうでいて、しかも全体としてすごく寂しい。葡萄が野放図に茂っていて、そこにまたも蜂の羽音。教会にはイコンが一枚だけ残っていた。全部運び出すのは忍びないという気持から、一番新しい(ある意味では価値の低い)のだけを残したというところ。誰もいないこちらの方が、上の修道院よりも心に残ったのはなぜだろうか。

俗世間で絶望した男が一人でこの廃墟と化した修道院にやってきて、静かに住みつき、少しずつあちこちを修復して、昔の姿に戻す。彼にとってはそれが祈りということで、それを通じて彼はゆっくりと神に近づく。はじめは警戒していた村の人たちも次第に彼を理解し、なにかと手を貸し、食べ物を運ぶようになる。村で婚礼があれば、その宴に彼も招く。そして、ある日、かつて彼を冷酷に捨てた女がここに現れて……と話を進めて、ここでうまい結末を考案すれば、なかなかいい短篇になりそうだと考える。とはいうものの、なにしろ目当てのない怠惰な旅の途中、その先を考えてプロットだけでも仕上げる根気はない。結局は、風に散らすように、そのまま忘れてしまう。

フェストスに向かう。この島で本当に大事なのはフェストスであり、アギア・トリアダであり、クノッソスであり、マリアであり、カト・ザクロである。つまり、ミノア文明の遺跡群。

イギリスやフランスの住民がまだ石器時代の細々とした生活を送っていた頃、今から四千年前、クレタ島には数百メートル四方の広がりをもつ石造りの壮麗な宮殿があり、そこには今も見る人を陶酔に誘うほど優雅な壁画や完備した水道設備があって、文字と、社会制度、それにいくつもの大陸に伸びた貿易路が存在した。ヨーロッパはクレタから始まったのだ。

フェストスは中規模の美しい宮殿である。ミノア文明の宮殿はどこも似たような構成になっている。中央に広い中庭があって、小さな部屋やホールを連ねた建物がそれを囲んでいる。一番大きなクノッソスではそれが二階三階になっている部分もあるが、たいていは一層、そういう建物が地形に合わせて優雅な起伏のままにひろがるさまは美しい。フェストスの遺跡はオリーブの木々が並ぶ豊穣な平野を見下ろすなだらかな丘の上にある。劇場風の広場の座席の列を左に見ながら正面の階段を登って、プロピレイア（正門）を抜けると、右前の方に綺麗に石を敷いた中庭が広がる。小さな部屋や倉庫、禊ぎ用の浴槽、列柱のホール、王の間などをゆっくりとまわって、また中庭に戻る。

ここが栄えた頃のようすを思う。こんなに石が崩れてしまわず、壁には鮮やかな顔料が塗られ、壁画は生き生きとして、倉庫の壺には油や葡萄酒や小麦があふれていた頃。石畳は通る人々の素足をひんやりと冷やしただろう。王への供物を持って中庭を渡ってゆく若い侍女の姿をぼくは見たように思った。彼女はまだ宮殿に来て間もないから、その足取りにはどこか緊張したところがある。彼女の人生をたどってみたい。この文明のさまざまな魅力、胸をあらわにした女たちの衣装や、雄牛の背で軽々ととんぼ返りをする若者、魚やイルカや蛸などもっぱら海のモチーフを用いた壁画、なんの防御施設も持たない平和な宮殿。色彩やかないくつものイメージがこの遺跡の白い石の上に浮かんでは消える。

もう一つだけ、クレタ人のホスピタリティーの例を報告しておく。島の南側をあちらこちら走りまわっているうちに、北へ戻る日がきた。ところがその最中にまたも道を間違えて相当すごい山越えをする羽目になった。舗装のない細い急な道をサスペンションに苦役を強いながら走りつづけ、ようやく人里に降りた。一軒の家の前に人がいた。ぼくは車を停めて道をたずねた。一人の男がセメントをこね、もう一人がそれを見ながらのんびりお喋りをしている。十五、六の少女がその脇に坐っている。日曜日の午後、自分たちの手で井戸を造っているのだ。

「道はともかく、ちょっと降りてきて、ワインを飲まんかね」と声をかけてくれる。こういう誘いに応じない手はない。そのワインは今回の旅で口にした中で最もうまかった。気軽にすすめてくれた嬉しさだけでなく、本当に喉を通る感じのいい、素直な、葡萄畑に寝転がって初夏の陽光を浴びているような味だ。それに焼いた羊肉の一片、そして会話。どこから来たか、何を見たか、クレタはいいだろう。ぼくは道を間違えて街道をはずれたことを喜びながら、それらの質問に答えた。井戸の話も聞いた。冬はいいけれど夏ちょっと水が不足することがあるので八メートル掘ったという。側壁をセメントで固めるのも終って、今は口のところを造っている。たぶん今日中にはできあがるだろう。

井戸がこの人たちにうまい水をたっぷり提供することを祈って、ぼくはこのさりげない歓待の席を後にした。


クノッソス。ヨーロッパ的なるものすべてのはじまり。世界で最も信頼のおける基準点。ぼくはピラミッドが好きでない。あれは大きすぎるし、形が馬鹿げている。いかなる生活をも想像させない。死を逃れようとして逃れられなかったファラオたちのみじめさばかりが壮大な空虚にそびえている。それに対して、クノッソスの宮殿にはまるで数年前まで使われていたような人の動きの跡がある。フェストスを数倍にした規模。小さな部屋がいくつも重なって、連なって、歩いていると自分がどこにいるかわからなくなる。ここが怪物ミノタウロスが住んだ迷宮だという話がそのまま信じられる。壁画や彩色された柱が復元されていて、かつての壮麗な景観を思わせる。

ここの印象は十数年前とまったく同じだ。こちらはそれだけ歳を取ったし、ものの考えかたも変っているはずなのに、クノッソスはまったく同じ精神の姿勢を要求し、その視点からのみ一つの文明の全容を見せる。だから、基準点なのだ。何かで自分が動揺するたびに、自分がどちらを向いているかわからなくなるたびにここへ来られたらと思う。そういう土地を一つ持っていること、そういう記憶を持っていることを自分の財産の一つと見なす。四千年前に人間はクノッソスを造り、やがてそれを失い、それ以来ずっと、必死で、それを再建しようと試みながら、遂に成功していない。すべての建築史はその失敗作の山であり、すべての都市計画はクノッソスのプランの拙劣ななぞりである。われわれはクノッソスを頂点として、以来四千年の間ひたすらずり落ちてきた。だから、十年に一度は、クノッソスに行ってみた方がいい。この遺跡を後にして、ぼくは自分に対する一番の任務をようやく果したような気持になった。

この旅には蜂の羽音がずっとついてまわった。この島で一番うまい朝食はしっかりと腰のある重厚なパンに、たっぷりの蜂蜜とバターという組み合わせ。本当は小皿の上で混ぜてから塗るのがいい。コーヒーか山羊のミルクを相手にベランダでこれを口に運びながら、青磁のような淡い色の空を見て、その日なにをするか決める。そういう場にも蜂はちゃんとやってきて、皿に残った蜜の残りを運んでゆく。もともと彼らが集めたものだからと、この光景はいかにも納得できる。その蜂を見ているうちに、コペンハーゲンで見たあの蜂のことを思い出した。あれはこの旅全体の先触れだった。ひょっとしたら、出迎えの使者だった。

蜂が気になるについては一つ理由がある。日本に戻ってすぐに待っているのが、ギリシャ映画の字幕の翻訳という仕事。監督は『旅芸人の記録』のテオ・アンゲロプロス、主演マルチェロ・マストロヤンニ。これが蜂を飼いながらギリシャの各地を旅する男の話なのだが、その日本語のタイトルを『蜂の旅人』と決めたところで、この旅に出てきた。映画は苦渋に満ちた悲しい話だが、舞台は美しい。旅の間、ぼくはその舞台であるギリシャの全景だけを見ていればいい気楽な立場だけれど、それでもどこかで主人公スピロの思いに寄って、山と木々と空を二重に見ている。ぼく自身が蜂の旅人になる。

旅も終りに近い頃になって、はじめて巣箱を見た。道の右手の林の中に白い四角い箱がいくつも置いてある。車を停めて近くに行き、眠気を誘うその羽音を満足するまで聞いた。コペンハーゲンに戻っても、もうあの蜂はいないだろう。十分後、ぼくは巣箱の方にちょっと手を振って挨拶を送り、車に帰った。

デルフィに帰る　二十七年ぶりの訪問記

ぼくがギリシャで暮したのはもう三十年ちかい昔だ。そのせいだろうか、振り返ってみると満ち足りた幸福な日々だったという記憶しか残っていない。

あの居心地のよさは何だろう。温暖な地中海の東の方にあって、小さな、印象のくっきりした国。そこだけに特別の光があたっているような、神々の祝福に恵まれた国。

地形は日本に似て複雑である。山が多く、それが海に迫り、海岸線は出入りに富んでたくさんの湾がある。そしてあの島々の数。

そこに住む人々は地域ごとに性格を異にして、だから都市国家がいくつも居並び、それらが拮抗して多彩な文化が生れた。それが二千五百年も昔のことだ。今、文明の中心はもっと北の方へ移ったけれども、ギリシャに残る古代文明の遺跡はその一つ一つが大理石の純白に輝いている。

地中海圏とはオリーブと葡萄の両方が実るところだ。ワインが作られ、オリーブからは油が搾られる。基本の穀物は小麦、基本の肉は羊。甘みのもとは蜂蜜。海には魚がいるし、野菜やハーブ類も豊富。近代になってポテトとトマトという味の濃い食材が加わった。

観光客が訪れる今のギリシャは、ヨーロッパの隅の方にあるつつましい国である。アテネは現代の首都の例に漏れず、いささか雑然としているかもしれない。喧噪の市街からスモッグの向こうにアクロポリスを見上げなければならない。

それでも、一歩でも町を出ればそこは古代のままの地形、ヘルメスとアフロディーテなど神々の山であり、テーセウスやヘレネやアトランタなど英雄と美女の海だ。

しかもギリシャは古代以後の歴史がまた長い。東ローマ帝国とは実はギリシャ人の国であった。だから今、人々の生活に古代の色は薄く、ビザンティン教会の信仰の方がずっと濃い。日曜ごとに村の教会には人が集るし、丘の上には糸杉に囲まれた修道院の静謐がある。

そして結局は人の性格。クレタ島の田舎で道に迷って、レンタカーを止めて道を聞いた。日曜日の午前中だった。

「わかった、あんたが行きたいところはわかった。道は教えてやる。だけど、その前にまず一杯、おれの家のワインを飲んでみろ」

それからしばらく、初対面のその男の家にぼくは上がり込んでワインを飲み、パンを食べ、オリーブの実をつまみ、トマトを味わい、とても愉快な時間を過ごした。これが本当のギリシャ人だ。

彼らを相手にビジネスをすると苛立つことが多い。あの徹底した個人主義は効率本位の経済システムにはそぐわない。しかし友だちとしてならば、これほど信頼できる相手はいない。ぼくは日本で警察に追われる身になったら、必死でギリシャまで逃れて友人たちに助けを求めるだろう。その結果、密かにどこか山の中の修道院に送られ、そこから一歩も出ることなく余生を送ることになったとしても悔いはしないだろう。

ギリシャの魅力の源泉は、糸杉とオリーブが作るあの空気の味なのだと思う。

ギリシャの文化省から招待状が来たのは去年(二〇〇三年)の秋だった。

二〇〇四年の二月に各国から文学者を呼んでデルフィで会議を開くので来てほしいという。テーマは「ギリシャの体験」。ギリシャ文化に深く接したりギリシャに住んだりしたことを作品の上に深く刻み込んだ詩人、作家、翻訳家などが一堂に会して、現代におけるギリシャ文化の意義を論じ、ギリシャの文学者たちとも意見を交換する、というようなことらしい。

ぼくがギリシャに住んでいたのは一九七五年の夏から一九七八年の初めまで二年半ほどの間で、その後も何かと縁が続いている。自分の文学において「ギリシャの体験」は大きかったとも思っている。ぼくはこの招待を受けることにした。

ギリシャに行くのは一年半ぶりだった。二〇〇二年の夏、ぼくはヨーロッパ各国でのいくつかの仕事の間に一か月の休暇を取ろうと思い立ち、クレタ島に行った。ここを選んだのはＥＵ圏で自分が最も呑気に暮せるところだったからだ。アテネはずいぶん雑然とした都会だが、島はどこも昔ながらののんびりした雰囲気を保っており、人柄がよい。この夏も田舎に小さな家を一軒借りて、愉快な休暇になった。

ギリシャ行きには会議の他にもう一つ任務が重なった。あの国にテオ・アンゲロプロスという監督がいることを知っている映画ファンは少くないと思う。一九七九年に日本で公開された『旅芸人の記録』は多くの観客を集めたし、それ以来の十本ほどの作品もそれぞれに話題になった。そして、ぼくは彼のすべての映画の日本公開に際して字幕を作る仕事をしてきた。テオはぼくにとって個人的にも親しい友人である。

今年、彼の作のほとんどを網羅するＤＶＤ全集が刊行されることになった。日本未公開も含めて十一の作品が四つのボックスに分けて出されるのだが、その最終回にぼくによるテオの長いインタビューの映像を添えようという企画が前からあった。実現のためにはぼくがギリシャに行かなければならない。よい機会だというので、こちらも実行することになった。
というような事情を踏まえての以下の旅日記である。

二月二日

ヨーロッパへ向かう飛行機の中で、実在しない音楽が聞える。通奏低音のように機内に充満するエンジン音の中にかすかな音楽が混っている。耳鳴りのようだが確かに音楽。この聴覚生理学的な現象を知っている人は少いのだが、ぼくの場合は珍しいことではない。一旦はじまると自分ではスイッチを切れない。耳について離れないという感じ。

この時の便で聞えていたのは、『シテール島への船出』以来ずっとテオの映画に音楽をつけているエレニ・カラインドルーという女性の作曲家の作品だった。もうこの段階で頭の中がテオで一杯になっている。『霧の中の風景』、『こうのとり、たちずさんで』、『ユリシーズの瞳』などなどの音楽が勝手にメドレーで流れる。叙情的で美しくて、わずかにセンティメンタルな曲調は、テオの映画の時として鋭いメッセージを柔らかく包み込んでいる。

二月三日

ミュンヘンで一泊の後、アテネへの便に乗る。飛行機はアルプスを越えた後、アドリア海の東岸に沿って南下し、やがてイタケー島の真上を飛んだ。オデュッセウスの故郷の島。ぼくがここに行ったのは一九七八年の冬のことで、毛布を五枚掛けて寝ても寒かった。町で一軒だけのレストランでは三日の間いつもカツァーキ（仔山羊）のシチューしかなかったことを思い出す。

アテネに到着し、新しい空港に降りる。一昨年いきなりここに来た時はびっくりした。何も聞いていなかったので、いったいどこに来たのかと思った。前の空港は市街の南東側の海岸にあったが、今度のは山を越えて東側にある。オリンピックもあって新築されたらしいが、あまりに殺伐なデザインで評判が悪い。軍の基地だってもう少し情緒があるだろうというほど。

古い親しい友人であるマリアが出迎えてくれる。日本語からギリシャ語への翻訳者であり通訳でもあり、宮沢賢治の作品集やぼくの『イラクの小さな橋を渡って』のギリシャ語訳を出版している。初めて会ったのは一九七五年だから、もう長い長いつきあいになる。

ギリシャ政府は太っ腹にもぼくをホテル・グランドブルターニュに泊めてくれると言う。大英帝国を意味するこの名はなぜかいつもフランス語風に発音され、あるいはギリシャ語でメガリ・ブリタニアと呼ばれる。略称ならばGB。近代ギリシャがオスマン・トルコから独立した時以来、この国とイギリスの関係は深かった。それを象徴するのがこのホテルの名で、ともかく名門。

しかし、ギリシャではどんな場所でもシステムの完璧を期待してはいけない。GBでは貰ったカード・キーで部屋が開かなかった。昔の重い真鍮の鍵でなくカード・キーになっていることに感心したのだが、それでことがスムーズに運ぶほどギリシャは甘くない。一階まで戻ってレセプションの若い女性を伴って部屋の前まで行って試みたが、やはりどうしても開かない。結局、部屋そのものを代えることになる。それでも彼女の困惑した顔は見るに値した。

この国ではシステムの不備は個人の思いによって補われる。ギリシャ人はビジネスのパートナーとしては問題多発だけれど、友人となると最高。鍵の一件のおかげでレセプションのその子はぼくの滞在中、目が合うたびに味のある笑みを見せてくれた。

夕方、雨をついて郊外のテオの家に行く。会うのは一年半ぶりで、その間に彼は新作を撮り上げた。実は次の週にベルリン映画祭で公開という彼にとっては最も忙しい時期で、よくわれわれのために時間を作ってくれたと思う。この日もローマのラボから戻ったばかりで、疲労の色がないではない。

前に会った時、一人の女性の生涯を通じて二十世紀の百年を辿るという大がかりな三部作を構想していると話していた。舞台となる土地もウクライナからニューヨークまでと広いものになる。今回完成したのはその第一部。

この日は彼と妻で優秀なプロデューサーでもあるフィービと歓談し、翌日の撮影の予定を論じることで終った。ぼくがテオにインタビューする場面は原則として彼の事務所で撮ることになっていたが、そこにテオは次々にアイディアを加える。「ずっと俺が使ってきたラボに行こう」とか「俺が生れた家を見に行こう」とか、話がどんどん大きくなる。スタッフはきりきり舞いすることになりそうだ。

二月四日
実際にはこの日の午前中、テオは疲れはててベッドから出られず、インタビューが始まったのは午後になってからだった。しかし話し始めると彼は快調で、ひたすら喋りつづけ、午後六時までかかって自作すべてについて見事な解説をしてくれた。

その後、新作のスチールの展覧会があるというので、みんなで行く。テオは昔から水を画面に登場させるのが好きで、雨で濡れた地面や大きな川や港はいつも主要な登場人物のように扱われる。今度の作でも村が洪水に見舞われ、家々がみな水の上に浮いているように見える場面があるらしく、その写真が美しかった。

それを見ながらぼくは、自分がタイで体験した、洪水の水の上を汽車で走った時のことを思い出し、テオに話した。地平線まで一面の水の上に線路だけが伸びている。自作では小説『タマリンドの木』の中で使った場面だ。

二月五日

なかなか忙しい日になった。

午前中にテオが生れた家と、ずっと使ってきたシネマジックというラボを見に行く。テオ自身は今日の便でローマに行くというので同行はできなかった。ベルリン映画祭はもう来週だから仕上げに忙しいらしい。

シネマジックを出て、地下鉄でシンタグマ広場に戻り、ホテルに寄ってから、ビザンティン博物館で開かれる記者会見に行く。今回の「ギリシャの体験」国際会議のメンバーがそろって会議の趣旨を語ることになっている。大物ではノーベル賞の詩人シェーマス・ヒーニーやフランスで有名なラカリエールなどが来ている。イギリスの作家ジョン・ファウルズも来る予定だったのだが体調が悪くて不参加になったらしい。

その後はギリシャの新聞のための撮影やインタビュー。ずっとマリアが同席してくれるので心強い。

夕食は市のはずれにあるアテナイスという新しい店で会議のメンバーたちの交歓会という形。全体が工場の再開発の産物でレストランに付随してキプロス博物館というのがあって、これがなかなか充実している。

夜中に、会議での自分のスピーチの草稿を作る。

二月六日

朝、九時半に全員がバスでデルフィに向けて出発。デルフィまでは四時間ほどの道のりだろうか。マリアは自分の車で来ると言っていた。

昔、この国に住んでいた時にはぼくは日本人の観光客を遺跡に連れてゆくガイドだったから、デルフィにも何度か行っている。だがそれは二十七年前の話だ。そんなに歳月が過ぎたとは信じられない。

バスの隣の席に日本文学の研究者で旧知のステリオスが坐る。数年前にマリアが宮沢賢治の翻訳を刊行した時、アテネで記念の会が開かれた。その時以来の友人である。ぼくのギリシャ語より彼の日本語の方がずっとうまいから、やっぱり日本語で話すことになる。彼の姓はパパレクサンドロプロスで、アルファベットで綴ると十八文字、ぼくの友人の中で最も長い名だと会うたびにからかう。

デルフィはアテネから西へ三百キロぐらいだろうか。本土とペロポネソス半島を距てるコリント湾の北岸にあり、背後に山を負っている。かつてここに来て感心したのは、いかにも神々がいますという気配が濃厚なことだ。古代の人々は霊力がある土地を見出す鑑識眼を備えていた。

ここはまずもって知の神アポロンの神域であり、その神託を求めて人々が訪れる場所であった。広いギリシャ語圏の中でも別格の地と認められ、都市国家にも属さず、独立して運営されていた。そして今も見ることができるが、多くの都市国家がここに宝物殿を造ったのは、いわば代表部という感じだったろうか。ギリシャにはもう一つ、デロス島という聖域があって、ここもまた国連本部とバチカンを一緒にしたような機能を持っていた。

今日は遺跡には寄らず、その少し先にある「ヨーロッパ文化センター」という施設に直行する。会議場と宿泊施設が一緒になった、この種の催しには最適の場所である。南を向いて立つと海を隔ててペロポネソスの山々が見える。

着いてすぐ昼食の席に連なる。海が近いので食事は海産物が主になる。具体的には、メリツァノサラタ（焼いた茄子のペースト）。キャベツとニンジン、サラダ菜、ルコラなどのサラダ。イカの唐揚げ。塩ゆでのエビ。ムールとエビのピラフ。エビのスパゲッティ・トマトソース。ツィプーラという魚の炭焼き、などなど。

この日は午後六時半から第一回目の会議が開かれた。シェーマス・ヒーニーのスピーチは訥々として、実があって、とてもよかった。しかしこの日は司会のエレニという老いた女性の「ギリシャ性 Greekness」を巡る発言があまりに国粋主義的で、ギリシャ人の出席者が反発して彼ら同士で大議論になった。外部のわれわれはただ呆れて見守るばかり。なかなかおもしろい展開である。

聞いていて明らかになったのは、「ギリシャの体験」という会議のテーマが二重の意味で用いられていること。第一は主宰者の言うように「ギリシャの神話、美術、文学、なかんずく近代ギリシャ文化と風景があなたの作品に与えた影響」のことだが、もう一つ、ギリシャ人という特異な民族が歴史を通じて体験してきたこと、という意味でこの言葉を使う者もいる。

二時間あまりのセッションの後、夕食。ぼくは全員での食事をさぼって、マリアやステリオス、それに新聞社から来たパリさんと四人で小さなタヴェルナに行って食べた。

二月七日

朝は十時から二度目の会議。最初に立ったクルーガーというドイツ人が「昨夜は三人の古い友人に会って意気投合したために、今朝はゆっくりしか喋れません」と断って、「三人の友人とは、ミスター・ワイン、ミスター・ウーゾ、それにミスター・シュナップスでありました」と続け、大いに受けた。シュナップスはドイツの酒だから、自分で持ってきたのではないか。

この日は午後四時からの会議で自分の発表の番が回ってきた。ぼくの「ギリシャの体験」は一九七五年にギリシャに渡った経緯や、テオの映画のこと、ここ数年で取材を重ねてきた文明の起源を求める旅のこと、などを報告した。しかし、なんと言っても最も大事なのはカヴァフィスのことだ。今世紀初頭に優れた詩を書いたアレクサンドリアの詩人で、この人の名と作品は欧米では文学的教養の一部になっているが日本ではあまり知られていない。南アフリカのノーベル賞作家クッツェーの代表作『蛮族を待ちながら』のタイトルはカヴァフィスの詩の題をそのまま用いたものだ。中井久夫さんに訳詩集があって、ぼくも訳を進めているのだが、刊行は来年くらいになりそう。

彼の詩の特徴は、まさに「ギリシャの体験」を主題としていること。栄光を強調するのではなく、衰退の過程をアイロニカルに見ての詠嘆。歴史的なエピソードを取り上げて、当事者の意図とその見込み違いの結果を後世の目で見ての悲哀の感情。

この詩人の名はぼくだけでなく、他の出席者も何度か口にした。ぼくの論旨は単純で、今という時代はいよいよカヴァフィス的になっているということだ。例えば「イタリアの岸辺で」という詩では、ローマ帝国の隆盛期、イタリアの海岸のある都市で、ギリシャ系の遊蕩者がしょんぼりしている場面が描かれる。ふだんならば軽薄に尽きるこの男の意気消沈の理由は、彼の郷里であるコリントス（このデルフィからも遠くないギリシャの都市国家）がローマ軍によって滅ぼされ、その戦利品が彼の住む町に届いたことなのだ。

キモス、父はメネドロス。若いギリシャ系イタリア人。
彼の人生は、ひたすら享楽の中にある。
大ギリシャ圏のこの一角の若者たちと同じように
贅沢の中で育ってきた。

しかし今日は　本来の性格に反して
彼は何かに心とらわれ、気落ちしている。
海岸でペロポネソスからの戦利品が
船から降ろされるのを見て、彼は動揺したのだ。

ギリシャからの戦利品、コリントから略奪された品々。

どう考えても、今日は遊ぶ日ではない。
この若いギリシャ系イタリア人が
愉快に過ごすことは今日はできない。

前の晩、今回の会議の出席者の一人であるレイチェル・ハダスというギリシャ系アメリカ人の女性の詩人・学者が、この詩を土台にした自作を朗読した。これは本当によかった。ぼくはこの二つの詩を踏まえて、今やわれわれは毎日のように郷里の町が滅ぼされるニュースに接していると話した。ぼくの個人的体験で言えば、二〇〇二年の十一月にぼくはイラクに旅をして、あの国の人々と親しくなった。郷里ではないけれど、感情的にも強く結びつけられた場所と人々。そこがアメリカ軍によって滅ぼされ、日本軍（言うまでもなく、自衛隊は外からみれば軍隊である）もそれに加担したというのは、これは実にカヴァフィス的な悲哀とアイロニーの経験である。

すべてが終って、その夜はガラクシディという海岸の町で全員参加の夕食会になった。ぼくとマリアとステリオスの三人でこの地名の語源について酔っていい加減な議論をする。これを「ガラ」と「クシディ」に分ければ、「乳」と「酢」になるが、この二つを混ぜたらとても飲めたものではない。ここはやはり「ガラクシ」すなわち「銀河」という美しい言葉から派生したものと見るべきだろう、などなど。

二月八日

ぼくは帰路は全員を乗せたバスを避けて、マリアの車で帰ることにする。九時に宿を出て、デルフィの遺跡に寄る。朝まだ早かったので他には誰もいない。迫った山塊の手前に大理石を積んだ神殿や野外劇場のシルエットが重なる風景がとても懐かしい。

アテネのアクロポリスのような巨大な建物はここにはなかった。パルテノンのあのサイズはもう帝国主義に属するものだった。アテネの繁栄と横暴の先にローマ帝国があり、その遙かな末裔として今の大国のふるまいがある。デルフィはもっとずっと小さく、物質の富よりは精神の豊かさの方を重視して、どこか暖い。

ここで伝えられたアポロンの予言はこれまた相当にアイロニカルなものだった。昔、リディアの王クロイソスは隣国ペルシャを攻めようと思い立ち、デルフィに神託を仰いだ。「一帝国が滅びることになるだろう」という言葉が返ってきた。勝てると思って勇躍クロイソスは兵を進めたが、負けたのは彼の方だった。改めてデルフィに問うと、「一帝国とは言ったが、それがペルシャだとは言わなかった」との答え。

ギリシャには人間の尺度がある。幸福も不幸も決して人間のサイズを超えない。帝国主義的な官僚組織によって社会を無意味に肥大させることはない。それでいて文化の面では人間に可能な最も雄大な世界観を示してくれる。プラトンやエウリピデスやカヴァフィスの著作の意味はそこにある。

いくつもの古代文明の遺跡を見て歩いての、これがぼくの結論だった。

増補新版あとがき

これは一九八七年に刊行した『ギリシアの誘惑』に二篇を加えた新版である。これを機にあの国の名の表記を「ギリシア」から「ギリシャ」に改めた。ラテン語の「グレキア」ないし「グラエキア」の響きを拗音に押し込めてしまうのは惜しいが、しかし検索など公共の利便も言葉にとっては大事だ。あまりわがままを言ってはいけない。

旧版のあとがきで「日本に戻って後は、一度もギリシアを再訪していない」と書いた。その二年後の一九八九年の十月に十一年ぶりに行った時の話がこの新版に収めた「蜂の旅人」である。

長い間あの国に行くことを避けていたについて、三年に亘って共に幸福に暮したのに世俗の事情から泣く泣く別れた相手なのだから、一夕だけのデートなどしたくない、とあの頃は言っていた。そういう思いを込めて前のあとがきに「幸福のトラウマ」と書いた。

そのためらいを乗り越えるべくぼくを説得して飛行機に乗せたのはフリーの編集者、高橋ユリカだった。悲しいことに彼女は先年亡くなった。あの旅から今まで、二十八年の歳月とはそういうことだ。

彼女について思い出すエピソードがある。レンタカーを運転してクレタの山道を走っていると、目の前にぞろぞろと道を横切る羊の群れが現れた。同行のフォトグラファー普後均がカメラを用意する間もなく、ユリカは車から飛び出して「羊だ、羊だ！」と大騒ぎ。速やかに羊群は散ってしまい、普後はカメラを手に茫然と立ち尽くした。

あの旅は収穫が多かった。羊事件の後、道に飛び出した鶏を轢きそうになった話は後に「にわとりばあさん」として長篇『マシアス・ギリの失脚』に取り込まれた。廃墟となった修道院を訪れたことは中篇『修道院』に結実した。

その後の記録を辿ると、一九九九年にアテネとデロス島に行っている。これは『パレオマニア』という大きな企画に沿った取材のためで、世界各地十三箇所を訪れる仕事をぼくはよく知っているギリシャから始めた。

二〇〇二年の夏は一か月をクレタ島で過ごすという優雅なことをした。その宿の名メトヒ・キンデリスはそのまま『修道院』にも出てくる。

その後、二〇〇四年の二月に国際会議のためにデルフィに行った時の記録がこの本に収めた日録である。

最近では二〇一六年の夏に難民についての取材でレスボス島に行った。自分のギリシャ語が日常ではまだ使えることを確認した。


この間、一九七五年の移住から今までの四十二年間、ぼくとギリシャ語をつないでいたものが二つある。

一つはカヴァフィスの詩。彼の作品百五十四篇を訳そうと思い立って、少しずつ進め、ほぼ四十年かかって終りまで行った。これは来年のうちにも本になる。

もう一つはテオ・アンゲロプロスの映画。一九七六年の四月にぼくは彼の『旅芸人の記録』をアテネで見た。二年後に帰国して、フランス映画社が日本で配給するというので字幕作りを手伝った。それを機に以後、彼の作品十三本の日本語版字幕を作った。彼とは友人になり、アテネと東京で何度も会った。彼は新作『もう一つの海』を撮影する途中で事故死したが、もしもこれが誰かの手で完成されたらぼくはその字幕も作るだろう。

そんなわけで長いつきあいのあったギリシャである。

今回、こういう形でまとめられたのは本当に嬉しい。

二〇一七年十月　札幌　　　池澤夏樹

口絵＝ミノス・アルギラーキス

（本書は『ギリシアの誘惑』第一版から「エリティスと二十世紀ギリシアの詩人たち」を除き（『二十世紀現代ギリシャ詩選』に収録予定）、「蜂の旅人」と「デルフィに帰る」を増補した）

ギリシャの誘惑／増補新版＊著者池澤夏樹＊一九八七年四月一〇日初版第一刷発行二〇一七年一二月二〇日第二版第一刷発行＊発行者鈴木一民発行所書肆山田東京都豊島区南池袋二—八—五—三〇一電話〇三—三九八八—七四六七＊装幀亜令＊印刷精密印刷ターゲット石塚印刷製本日進堂製本＊ＩＳＢＮ九七八—四—八七九九五—九六二—一

りぶるどるしおる *les livres de luciole* ☆印＝近刊

71 百枕 高橋睦郎
72 露光 高貝弘也
73 ナーサルパナマの謎 宮沢賢治研究余話 入沢康夫
74 カラダという書物 笠井叡
75 死ぬことで ロジェ・ラポルト／神尾太介
76 結局、極私的ラディカリズムなんだ 鈴木志郎康
77 日々の、すみか 季村敏夫
78 ベオグラード日誌 山崎佳代子
79 『死者』とその周辺 ジョルジュ・バタイユ／吉田裕
80 カラダと生命——超時代ダンス論 笠井叡
81 逸げて來る羔羊 石井辰彦
82 日本モダニズムの未帰還状態 矢野静明
83 ギリシャの誘惑 池澤夏樹
☆84 詩的行為論 吉田裕
☆85 園丁／若林奮 市川政憲